네가 유성처럼
　　　스러지는 모습을
지켜볼 운명이었다

네가 유성처럼
스러지는 모습을
지켜볼 운명이었다

미나토 쇼 지음

황누리 옮김

필름

차례

앞으로 아흔두 끼 ✦ 9

앞으로 일흔아홉 끼 ✦ 65

앞으로 일흔 끼 ✦ 81

앞으로 마흔두 끼 ✦ 107

앞으로 마흔 끼 ✦ 123

앞으로 스물여덟 끼 ✦ 137

앞으로 스물세 끼 ✦ 177

앞으로 여섯 끼 ✦ 209

앞으로 다섯 끼 ✦ 229

앞으로 두 끼 ✦ 249

식사가 끝나고 ✦ 277

옮긴이의 말 · 291

별을 눈에 담을 때마다 지치지도 않고 생각한다.

네가 '여명백식'이라는 악마 같은 병에 걸리지 않았더라면,

조금은 다른 날들이 우리를 기다리고 있지 않았을까.

남을 가만히 놔두지 못하는 너는 엉덩이가 무거운 나를

여기저기에 데려가려고 살살 구슬릴 것이다.

수족관이나 플라네타륨, 아니면 영화관 혹은

가까운 공원에라도 가자고 말이다.

밥을 먹을 때마다 행복한 기색을 숨기지 않고

"맛있어!" 하고 나에게 미소 짓는 너.

쑥스러운 나머지 "응." 하고 짧은 대답만 돌려주는 나.

그런 식으로 하루하루를 보내며 여러 해를 넘기고 나면

우리는 구체적인 미래를 꿈꾸기 시작하겠지.

아이는 몇 명이 좋겠어, 이름은 뭐라고 지을까?

낯간지러운 감정을 품고 행복한 대화가 오갈 것이다.

머나먼 미래에 머리가 새하얗게 흰 채 나란히 걷는
우리의 모습을 어렴풋이 그려 본다.
그래, 두 사람의 삶이 앞으로도 오랫동안 계속되리라
믿어 의심치 않는 이 세상의 수많은 연인처럼.
하지만 네가 사신에게 사로잡히지 않았더라도 우리에게
그러한 행복은 결코 찾아오지 않았을 것이라는 사실을
깨닫고, 나의 현실 도피는 무자비하게 종말을 맞이한다.

죽을 때를 기다리는 너와 죽을 때를 놓친 나.
이 두 운명이 아니었다면
우리는 영영 만나지 못했을 테니까.

그날, 네가 유성처럼 스러지는 모습을
나는 지켜볼 운명이었다.

앞으로 아흔두 끼

"오래 기다리셨습니다. 나마시라스동*입니다."

점원이 내려놓은 덮밥에 투명함이 감도는 잿빛 뱅어가 수북이 쌓여 있다. 고운 자태를 자랑하며 반짝이는 뱅어의 식감을 상상하면서 나는 나무젓가락을 반으로 갈랐다. 입으로 들어간 뱅어는 탱글탱글하여 씹는 맛이 제법이었고 쌉싸름하면서도 달짝지근했다.

고개가 절로 끄덕여진다. 이런 식감과 맛은 좀처럼 만나 보기 어렵다. 휴일에는 이 나마시라스동을 먹기 위해 웨이팅이 엄청나다던데, 절로 납득이 간다.

11월 중순인 이 무렵에는 뱅어잡이가 허탕 치는 날도 있

● 말리지 않은 생물 뱅어를 올린 덮밥

다고 인터넷에서 본 적이 있다. 다행히 오늘은 운수 좋은 날인가 보다.

창밖 너머 바다를 바라보면서 나는 멍하니 생각에 잠겼다. 조금 이른 저녁 식사였지만 바다는 이미 오렌지빛으로 물들어 있었다.

어느 틈에 해가 떨어지는 시간이 무척 앞당겨졌다. 내 정신력 따위 알 바 아니라는 듯이 옷을 갈아입는 계절 덕분에 최근 몇 달간 나를 괴롭히던 초조함이 더욱 기세를 떨치고 있다.

지난 3월에 나는 예기치 않은 사고를 당해 생사가 오가는 중상을 입었다. 그로부터 8개월 남짓이 흐른 지금, 부상은 완쾌했고 후유증도 없다.

…아니, 마음은 여전히 혼수상태에서 헤어 나오지 못했다. 사고를 계기로 나는 완전히 무기력해졌다.

그 결과 지금껏 계속 몸 쓰는 일을 해 왔음에도 불구하고, 현재는 땀 한 방울 흘리지 않고 막연하게 하루하루를 흘려보내고만 있다. 이래서는 안 된다며 마음을 다잡아 보기도 했지만, 결심하기가 무섭게 죽음이 바로 옆까지 바싹 쫓아왔던 사고 당시의 감각이 선명하게 되살아났다.

손쓸 새도 없이 온몸은 공포에 얽매였고 나는 다시 겁쟁이가 되었다. 그렇게 얼빠진 내 안에 유일하게 남은 것이 하나 있었으니, 다름 아닌 먹는 즐거움이다.

밤낮으로 몸을 움직여야 했던 탓인지 어렸을 때부터 식욕이 왕성했다. 초등학생 때 이미 성인 남성 기준 2인분 정도는 가볍게 평정했다고 장담한다. 그런 것 치고 키는 167센티미터로 그렇게 크지 않고 체중도 적게 나가는 편이기는 하다. 아마도 쉬는 날 없이 이어진 훈련으로 먹는 족족 에너지를 소비했기 때문일 것이다.

습관이 되어 그만두려야 그만둘 수 없는 가벼운 근육 트레이닝과 스트레칭을 빼고 최근 몇 달 동안 거의 몸을 움직이지 않았다. 무기력하게 지냈다고는 하지만 이런 생활을 한 지 1년도 채 지나지 않아서인지 몸이 아직 녹슬지 않은 듯 먹는 양은 이전과 비슷하다.

그래서일까. 사고를 당하기 전과 마찬가지로 오늘도 밥맛이 좋다. 지금의 나는 아무짝에도 쓸모없는 존재로 전락했는데 말이다.

뭐, 스포츠에서 좋은 성적을 거두었다고 해서 쓸 만하다고 봐도 될는지는 모르겠다.

아무튼 유일하게 먹는 즐거움을 향한 흥미를 잃지 않았지만, 맛있는 걸 먹고 싶은 마음과 달리 퀄리티 좋은 메뉴를 파는 가게를 스스로 개척할 정도의 패기는 없었다.

그래서 인터넷에서 찾은 맛집 블로그에서 소개해주는

가게를 돌아다니는 정도로 만족하고 있다. '리이의 맛있는 일기'라는 블로그인데 젊은 여성이 운영하는 듯하다. 검색하다가 적당히 고른 블로그였지만 언급한 가게를 몇 군데 방문했더니 어느 곳 하나 꽝이 없었다.

블로그에 올라온 게시글을 찬찬히 읽어 보았는데 사진을 선명하게 찍어 음식이 먹음직스러웠다. 게다가 맛집 블로그에 으레 있을 법한, 내 관심 밖인 글쓴이의 사적인 에피소드도 일절 적혀있지 않았고 음식의 특징만 기록되어 있어 읽기 편했다.

어느새 '리이의 맛있는 일기'는 요즈음 내 하루의 가이드라인이 되었다.

무엇보다 이 블로그가 마음에 든 이유는 바로 "아, 맛있었다. 잘 먹었습니다!"로 모든 게시글이 마무리된다는 점이다. 요리사를 향한 존중과 글쓴이가 진심으로 음식을 즐겼다는 만족감이 느껴져 무척 기분이 좋아지는 멘트였다.

나는 어제부터 블로그에서 몇 달 전에 소개한 '가마쿠라 맛집 베스트 3'를 찾아다니고 있다. 어제저녁에는 3위에 오른 조개 요리 전문점을 찾았고, 오늘 점심에는 뱅어와 가고시마 특산 어묵튀김이 들어간 햄버거인 쇼난버거로 유명한 가게에 방문했다. 그리고 오늘 저녁은 블로그에서 빛나는 1위를 차지한 나마시라스동이 최고라는 가게를 방문했건만….

또, 그 여자가 있다.

어제저녁에 갔던 3위 가게에도, 오늘 점심에 갔던 2위 가게에도 그 여자가 있었다. 즉 나와 세 끼나 가게가 겹쳤다는 뜻이다.

나이는 나와 비슷한 또래인 듯했다. 맑고 투명한 피부는 더없이 매끈해 보였고 곧게 뻗은 콧날은 영화 속 여배우처럼 매력적이었다. 눈꼬리가 올라가 고양이를 연상케 하는 커다란 두 눈은 호기심에 가득 찬 듯 빛나고 있었다.

정지 화면이라면 누구나 인정할 미인이다. 하지만 3위 가게에서도 2위 가게에서도 그리고 오늘 이 가게에서도 여자는 만면에 웃음을 가득 띠고 입을 크게 벌려 음식을 맛보고 있다. 덕분에 움직이는 여자에게서 쾌활하고 건강하다는 인상이 강하게 풍겼다.

식사하는 모습도 아주 깔끔하여 전혀 게걸스러워 보이지 않았다. 마치 식품 광고를 보는 듯 눈이 즐거웠다.

나와 같은 블로그를 봤겠지. 가게가 세 번이나 겹쳤으므로 틀림없다. 그렇지만 블로그에 올라온 게시글은 수십 개가 넘는다. 그중 딱 하나의 게시글에서 소개한 가게를 같은 타이밍에 방문하는 건 우연치고는 너무나 공교로웠다.

괜히 신경이 쓰여 나마시라스동을 먹으면서 나도 모르

14

게 여자가 있는 쪽을 힐끔거렸다. 내가 앉은 테이블에서 빈 테이블 하나를 사이에 두고 건너편 테이블에 여자가 앉아 있었다. 어제 봤을 때와 마찬가지로 변함없이 맛있다는 듯 여자는 나마시라스동을 만끽하고 있었다.

오버 사이즈 파카에 스키니 팬츠를 입고 니트 모자를 쓴 캐주얼한 차림이었는데, 제 몸에 맞게 핏이 딱 떨어져 남다른 센스가 엿보였다.

"아, 맛있었다. 잘 먹었습니다!"

여자가 두 손을 모아 웃으며 말했다. 그러고 보니 2위 가게에서도 3위 가게에서도 같은 행동을 했던 기억이 났다. 함께 온 사람도 없는데 말이다.

잠깐만, 그 말은… '리이의 맛있는 일기' 게시글마다 등장하는 마무리 멘트였다. 그렇게 생각하던 차에 여자와 눈이 마주쳤다. 이어서 여자가 왜인지 관찰하는 것처럼 눈을 가늘게 뜨고 가만히 나를 쳐다봤다.

멋쩍어진 나는 눈을 피했다. 그러자 여자가 자리에서 일어나 나를 향해 걸어왔다.

"저기, 안녕!"

말을 걸어와 하는 수 없이 다시 여자 쪽으로 고개를 돌렸다. 멀리서 봤을 때는 어른스러운 미인이었는데 코앞에서 커다란 눈을 마주하니 성숙하기보다 귀여운 이미지에 가까웠다.

"…뭐야?"

"혹시 '리이의 맛있는 일기'에 올라온 '가마쿠라 맛집 베스트 3' 보고 온 거야?"

초면인데도 붙임성 좋게 생글거리며 허물없이 말을 걸어 왔다. 그럼에도 신기하게 껄끄럽지 않았다.

처음 말 섞는 사람한테 잘도 웃어주네.

"…맞아."

고개를 끄덕이자 여자의 얼굴이 환히 빛났다. 마치 눈앞에서 꽃망울이 터져 꽃이라도 만개한 듯 눈부셨다.

"맞혔다! 우와, 뿌듯한걸."

"왜?"

"그 블로그 주인이 나니까!"

"…진짜?"

깜짝 놀랐다. 블로그 게시글마다 등장하는 말을 똑같이 한다는 사실을 눈치채기는 했지만 설마 본인일 줄이야. 상상도 못 했다.

여자가 내 맞은편에 앉았다. 그리고 턱을 괴더니 거리낌 없이 나를 뚫어지게 바라봤다.

"지금 몇 살이야? 하는 일은?"

"스물하나. …아무 일도 안 해."

정면으로 시선이 부딪치자마자 날아든 질문에 무시하지 못한 채 대답했다. 그런데 대뜸 적당한 거짓말이 튀어나왔다.

스노보드 종목 중 하나인 하프파이프에서 그럭저럭 성적을 내기는 했지만, 내 인지도는 그렇게 높지 않았다. 하프파이프에서 활약하는 훨씬 유명한 선수가 있어서 스포트라이트는 아무래도 대개 그 선수에게 쏟아졌기 때문이다. 그 탓에 내 존재조차 알지 못하는 사람이 많았다.

무슨 일을 하는지 묻는 걸 보니 내 정체는 모르는 듯했고, 그런 사람에게 구태여 신분을 밝힐 필요는 없었다. 게다가 날아오를 수 없는 하프파이프 선수는 백수와 다름없다.

"그럼 나보다 한 살 어리네. 동안이라서 더 어릴 줄 알았는데. 그리고 일을 안 해?! 앗싸!"

"왜 그렇게 좋아해?"

이해가 가지 않았다.

"그편이 좋아서."

"무슨 말이야?"

"내 블로그 읽을 정도면 보나 마나 우리 둘, 식성이 잘 맞겠지?"

내 질문에는 대답하지 않은 채, 여자는 상체를 앞으로 숙이며 살짝 흥분한 기색으로 말했다. 남이 하는 말을 귀담

아듣지 않는 성격인가. 그렇다면 멀리하고 싶은 타입인데.

"그럴 수도 있고."

"세상 무해해 보이는 것도 합격. …역시 네가 좋겠다."

여전히 내가 아무 일도 하지 않는다는 소리에 (사실은 그렇지 않지만) 기뻐하는 이유를 알 수 없었고, "네가 좋겠다."라는 말에 담긴 뜻도 짐작조차 가지 않았다.

다 떠나서 '세상 무해해 보인다'라는 평가는 의외였다. 한창 경기에 출전했던 시기에는 눈매가 매서워서 다가가기 어렵다는 이야기를 자주 들었기 때문이다.

틀림없이 지금 내 표정이 얼빠져 보이는 거겠지.

"네가 좋겠다니, 도대체 무슨 뜻이야?"

"아, 맞다. 여행 친구로 좋겠다고. 성격도 무던해 보이고 마음 편하게 같이 돌아다닐 수 있을 것 같아서 딱 좋겠어."

이번에는 내 질문에 제대로 대답했지만, 오히려 머릿속은 더욱 혼란스러워졌다.

"여행 친구라고?"

"맛있는 거 찾아다니는 여행 하자! 우리 둘이!"

"여행…?"

"응. 한 달 정도. 그냥 같이 맛있는 거 먹으러 돌아다니는 거야. 어때?"

"무슨 말 하는 거야. 당연히 안 되지."

여자가 눈을 반짝이며 제안했지만, 나는 눈살을 찌푸리며 차갑게 대꾸했다.

정말로 이해할 수 없었다. 오늘 처음 본 사람한테 왜 그런 부탁을 하지? 애초에 나는 쓸데없이 생각하고 싶지 않아서 블로그에 소개된 가게를 돌아다니는 중이었다.

조용히 그저 멍하게 시간을 때우고 싶다. 이토록 에너지 넘치는 여자와 여행이라니, 솔직히 사양한다. 그보다 신종 사기 수법인가 의심도 갔다. 내 말에 여자가 팔자 눈썹을 만들어 슬프기 그지없다는 표정을 지었다.

"그렇게 단칼에 거절하지 마. 아주 잠깐이라도 좋으니까 내 이야기 한 번만 들어주라."

여자는 나에게 손을 뻗어가며 끈덕지게 부탁했다. 사실대로 말하자면 외모는 꽤 내 취향이었고, 여자에게 부탁받는 것도 기분이 나쁘지만은 않았다. 그래도 안 되는 건 안 되는 거다.

"…이만 가 볼게."

두 손으로 싹싹 빌어도 결정을 바꿀 생각은 없었다. 한시라도 빨리 여자를 따돌리고 싶어서 자리에서 몸을 일으켰다.

"아잇, 부탁이니까 진짜 잠깐만! 몇 분 안 걸린단 말이야. 내 이야기 듣고도 거절한다면 그땐 깔끔하게 포기할게,

제발!"

저렇게까지 말하는데 이야기 정도는 들어줄까. 반쯤 일어났던 나는 다시 의자에 앉았다. 물론 잘 알지도 못하는 사람의 부탁 따위 거절하려는 마음뿐이었다.

"다행이다! 이야기는 들어주는구나."

"들어주기만 할 거야."

짧게 대답하자 여자가 빙그레 웃었다.

"후후. 하지만 네가 쉽게 거절하지 못할걸."

"알았으니까 본론부터 말해."

"사람 참 빡빡하네. 알았어! 실은 나 '여명백식'에 걸려서 시한부거든."

"…뭐라고?"

생기 넘치는 여자의 이미지와 동떨어진 '시한부'라는 단어가 튀어나와 온몸이 굳었다.

"그래서 앞으로 백 번… 아니다, 이제 아흔두 번이구나. 앞으로 아흔두 끼를 먹고 나면 난 죽어."

눈 하나 깜빡하지 않고 태연하게 웃으며 말한다. 죽음이라는 말을 입에 담은 얼굴이라고는 생각하기 어려울 만큼 해맑았다.

여명백식餘命百食.

나도 자세히는 모른다. 하지만 최근에 발견된 신종 희귀

병이라며 뉴스에서 여러 차례 거론되던 걸 들은 기억이 있다. 식사할 때마다 여명지수라는 명칭의 체내 수치가 감소하고, 그 수치가 0이 되면 몸의 기능이 정지하여 죽음에 이르는 기묘한 병.

현재 별다른 치료법이 없어 환자는 오로지 밥을 먹으면서 죽음을 기다리는 수밖에 없다고 했다. 환자가 초기 증상을 호소한 후 검사를 거쳐 병을 진단받는 시점에는 대체로 남은 식사 횟수가 백 끼 정도이므로 여명백식이라는 병명이 붙었다고 어디에선가 들었다.

'여명백식에 걸리면 남은 식사로 무엇을 먹을 것인가.' 어느 유명인이 여명백식으로 세상을 떠났을 때 SNS에서 그런 주제가 화두에 오르기도 했다.

"지금 거짓말한다고 생각하지?"

"…응."

나는 수긍했다. 그도 그럴 것이 여자는 너무나도 생기발랄했고 죽음의 그림자 따위는 한 치도 보이지 않았다. 앞으로 백 끼만 먹을 수 있는 사람이 이리도 씩씩할 수 있을까.

죽음은 두렵다. 난 죽지는 않았지만 죽기 일보 직전까지 갔었고, 다른 사람보다도 죽음에 대한 공포심이 클 수밖에 없었다.

그 결과 나는 아무것도 할 수 없게 되었다. 지금껏 인생의 전부를 걸고 임했던 스노보드조차도 말이다.

"유감이지만 거짓말이 아니야. 자, 여기 증거."

여자가 갖고 있던 배낭에서 클리어 파일을 꺼냈다. 파일에는 난치병 판정이나 검사 결과와 같은 제목과 함께 글자가 빽빽이 채워진 서류가 끼워져 있었다.

의학에 관해서는 문외한이지만 까다로운 내용 위에 대학 병원의 로고가 찍힌 종이는 섬뜩할 정도로 리얼했다.

"기왕 이 병에 걸렸으니 앞으로 남은 백 끼는 맛있는 것만 먹고 죽자고 결심했어. 아, 맛있었다. 이제 후회는 없어! 그렇게 생각하면서 죽고 싶달까."

깜짝 놀라서 말문이 막힌 나를 보고 여자는 여전히 스스럼없이 말했다.

"…그렇구나."

이유는 이해가 간다. 이해는 가지만… 백 번의 식사를 마치고 죽을 운명이라는 사실을 알면서 그런 식으로 아무렇지 않게 즐겨야겠다고 마음먹을 수 있는 일인가.

"그런데 혼자서는 뭘 먹어도 지루하더라고. 먹다 보면 다른 사람이랑 막 얘기하고 싶잖아. 이거 맛있다, 그러면서. 그래서 함께 다닐 사람이 어디 없을까 찾고 있었지."

"왜 하필 그 사람이 생판 모르는 나야? 가족도 있고 친구도 있잖아."

역시 여자의 이야기는 온전히 믿기 어려웠다. 여명백식에 걸렸다는 이야기조차 진짜인지 거짓인지 판단이 서지 않았다. 설령 사실이라고 해도 마지막 여행이니 속마음을 터놓고 이야기할 수 있는 사람과 함께하는 편이 일반적이지 않은가.

"가족이나 친구들은 슬퍼할 게 분명한걸. 그런 사람들하고 어떻게 밥을 맛있게 먹어. 그러니까 지금까지 나랑 아예 남남이었던 사람이 좋아. 나를 깊이 생각하지 않는 사람."

납득이 가는 듯 가지 않는 듯 갈팡질팡했다. 나라면 마지막 순간은 가족이나 친구… 혹은 연인과 함께하고 싶을 텐데. 물론 지금은 솔로지만.

"미안하지만 솔직히 오늘 처음 만났는데, 그런 걸 감당하기에는 너무 부담돼."

사실대로 말했다. 당연히 지금은 여자의 이름도 모를뿐더러 조금 별난 사람이라는 정도 말고는 어떠한 감정도 없다. 당장 내일 눈앞의 여자가 죽는다고 해도 살짝 가슴이 아픈 선에서 끝나겠지.

하지만 만약 함께 여행을 떠난다면? 성격이 정반대여서 다투는 일이 생기더라도 며칠씩 함께 시간을 보낸 사람이 세상을 떠나는 일은 나름대로 괴로울 것이다.

"부담 가질 필요 없어. 그냥 같이 맛있는 거 먹는 게 끝이야. 죽을 때 옆에 있는 게 힘들다는 뜻이면, 세 끼 정도 남았을 때 쿨하게 갈 길 가면 되지!"

발랄하게 터무니없는 이야기를 한다. 그렇게 딱 잘라 결론지을 수 있는 문제가 아니었다.

"한동안 어울리면서 밥 같이 먹던 애가 죽는다니 두고두고 기억날 게 분명해."

"그렇게 철벽 치지 말고, 제발! 죽어가는 불쌍한 소녀의 마지막 부탁인데?! 진짜 안 들어줄 거야?"

"…미안. 정말 안 되겠어."

내가 거절하면 여자는 홀로 쓸쓸하게 죽어갈지도 모른다는 걱정이 들기도 했다.

하지만 아무리 곰곰이 생각해도 방금 막 만난 내가 여자의 마지막 여행에 동행해야 하는 명분을 찾기 어려웠다. 내가 거듭 고사하자 여자는 얼굴을 찡그리고는 못마땅해했다.

"쳇. 차갑다, 차가워."

뾰로통한 표정으로 천진난만하게 투정을 부렸다. 마치 장난감을 사달라고 졸랐는데 거절당한 어린아이처럼 얼굴 가득 아쉬움이 묻어났다. 그 얼굴을 본 순간, 마음이 흔들렸다.

여전히 여자는 죽음의 냄새를 전혀 풍기지 않았다. 여자의 표정은 '아아…, 맛있는 걸 함께 먹을 수 없다니 아쉽네.' 하고 생각하는 것처럼 보일 따름이었다.

애초에 여명백식이라는 병에 걸렸다는 이야기 자체가 거짓말일지도 모른다. 그럴 가능성도 열어두었지만 만에 하나 사실이라면, 정말로 앞으로 아흔두 끼의 식사를 끝내고 여자가 영영 눈을 감는다면.

어째서 그런 표정을 지을 수 있을까. 어떻게 마지막이니 마음껏 식사를 즐기겠다는 긍정적인 마음을 먹을 수 있는 걸까.

'죽는 게 무섭지 않아? 너는 왜 공포에 사로잡히지 않는 거야?' 나는 무슨 수를 써서라도 그 답을 알고 싶어졌다.

"알았어. 같이 다니자."

"응?"

줄곧 거절 의사를 내비쳤던 내가 갑자기 제안을 수락하자, 여자는 어안이 벙벙한 것 같았다. 허를 찔린 듯한 표정이었다.

"알겠다고. 맛집 여행, 같이 다니겠다니까."

"어? 진짜?! 엄청나게 싫어했으면서 왜?!"

"그냥…. 별 이유 없어."

"그냥? 뭐, 나야 아무래도 좋지만! 야호!"

여자는 만세를 하며 크게 기뻐했다. 그러더니 환하게 웃으며 인사를 건넸다.

"내 정신 좀 봐. 자기소개도 안 했네. 나는 사키무라 리이. 앞으로 잘 부탁해!"

"무로사키 토우야."

무심코 본명을 말하고 아차 싶었다. 다행히 여자, 그러니까 리이는 내 이름을 듣고도 짚이는 사람이 없는지 "토우야라고 하는구나!" 하고 명랑하게 말했다. 스포츠에 큰 관심은 없는 듯하여 안도했다.

동시에 내가 도대체 뭘 하고 있는 것인지 머릿속이 복잡했다. 정체불명의 여자와 얽힌다니, 오매불망 스노보드만 바라보고 살던 이전의 나였다면, 가능성의 싹부터 잘랐을 일이다.

태어날 때부터 사람을 몰고 다녔던 쌍둥이 남동생 유키토라면 모를까, 나는 원래 다른 사람과 구김살 없이 어울리는 편이 아니었다.

사기꾼일 가능성은 아직 배제하지 않았다. 아주 공들여서 미인계를 쓰고 있다거나.

하지만 이 모든 가정을 차치하고 나는 너무나 궁금해졌다. 사기라면 사기인 대로 상관없다. '리이의 이야기가 사실일 가능성'에 걸고 싶었다. 피할 수 없는 죽음이 예고되어 있는데도 이토록 즐거움을 추구할 수 있는 이유가 뭘까. 되레 죽음이 있기에 비로소 집착을 끊어낼 수 있는 것일까.

구사일생으로 살아난 이래 나는 죽음이 너무나도 두려웠다. 리이처럼 죽음이 약속된 것도 아닌데, 그 순간을 떠올릴 때마다 여전히 온몸에 핏기가 가신다.

스폰서와 맺은 계약도 있기에 나는 곧 시작하는 이번 시즌에는 무슨 일이 있어도 복귀해야만 했다.

하지만 두려움이 가시지 않아 스노보드를 머릿속에서 지우고 싶었고 뒤로 미뤄두기 바빴다. 그래서 알고 싶었다. 옆에서 지켜본다면 이 공포심을 극복할 수 있는 방법을 찾아낼 수 있지 않을까. 지푸라기라도 잡는 심정으로 여명백식에 걸린 리이의 웃는 얼굴에 앞으로 펼쳐질 내 전부를 맡긴 것이다.

나마시라스동 가게를 나와 리이와 헤어진 후 나는 가마쿠라역 근처를 돌아다니며 오늘 밤 묵을 호텔을 찾았다.

살날이 얼마 남지 않았다고 주장하는 리이와 만난 영향 때문일까. 여기저기 발걸음을 옮기는 와중에 인생에서 가장 목숨이 위태로웠던 그때의 사건이 머릿속에 선명히 되살아났다.

그래, 올해 3월에 겪은 일이다.

꙳

스노보드라는 경기 특성상 낙상 사고는 있기 마련이다. 이번 사고도 그 경우에서 벗어나지 않는다. 옹알이도 하기 전부터 스노보드를 타고 놀던 내가 수백 번 넘게 경험했던 흔하디흔한 점프 실수다.

착지에 실패하여 하프파이프의 바닥면인 버텀으로 떨어지며 등을 부딪친 나는 단순히 그렇게 여겼다.

총 세 차례 주어지는 연기 중 2차 시기였다. 바로 일어나 웃으면서 실수를 무마하고 파이프 아래까지 타고 내려가 3차 시기에 집중하려고 했다.

그런데 일어날 수 없었다. 몸에 힘이 들어가지 않았다. 그러고 보니 여느 때보다 등에 느껴진 충격이 거셌다. 오른쪽 다리에 서서히 통증이 찾아왔다.

어떻게든 필사적으로 몸을 일으키려고 하자 쿨럭하고 무거운 기침이 터져 나왔고, 옆으로 고개를 돌리고 있던 내 얼굴 근처의 눈밭이 진홍색으로 물들었다. 왜 눈밭이 그런 색으로 변한 것인지, 순간 상황 파악이 되지 않았다.

"Bring a stretcher(들것 갖고 와)!"

"Call an ambulance(구급차 불러)!"

그러한 다급한 영어가 내 주위를 마구 뛰어다녔다. 영어를 잘하는 편은 아니지만, 이 정도는 바로 알아들을 수 있었다.

'기다려. 별일 아니야. 바로 일어날 테니까 다들 호들갑 떨지 마.'

입이 떨어지지 않았다. 바람과 달리 하고 싶은 말이 속에서만 맴돌았다.

애초에 여기는 미국의 콜로라도다. 엑스게임이라는 하프파이프 국제 대회가 열리는 극한의 설산. 우리말로 말해 봤자 소용없다. 속에서 맴도는 말이 곧장 영어로 떠오를 만큼 영어 실력이 뛰어나지도 않았다.

"토우야…."

함께 출전한 동생 유키토가 울음을 참는 표정으로 달려왔다.

'유키토. 바로 다음이 네 순서잖아. 파이프 안으로 들어와서 어쩌려고.'

그렇게 생각하면서도 나는 유키토에게 말했다.

"…괜찮아. 한 번 더, 내려… 올 거야…."

내 입에서 흘러나온 목소리가 너무나 거칠어서, 금방이라도 부서질 것만 같아서 나조차 깜짝 놀랐다. 그제야 비로소 내가 구급차로 이송되어야 할 정도로 중상을 입었고 사방이 피로 낭자해 있다는 사실을 깨달았다.

동시에 시야가 점점 아득해졌다. 내 이름을 부르는 유키토의 목소리가 멀어져 갔다. 모든 오감이 서서히 사라지기 시작했다.

거기서 불현듯 어렴풋이 깨달았다. 아아, 나는 분명 이제 죽는구나.

하지만 나는 죽지 않았다. 이틀 후 눈을 뜬 나는 내장과 오른쪽 무릎의 인대 손상으로 인한 전치 2개월이라는 중상을 선고받았다.

나를 진찰한 미국인 의사가 말했다.

"잘못 부딪쳤으면 내장 파열로 죽었을 겁니다. 럭키 가이가 따로 없어요."

이번 시즌을 허무하게 날려 버리게 생겼는데 뭐가 럭키라는 거야.

엑스게임이 열린 시기는 1월 중순으로 스노보드로 말하자면 아직 시즌 초반이었다. 전치 2개월이라는 소리는 재활 기간까지 고려한다면, 적어도 3개월은 경기에 나갈 수 없다는 뜻이었다.

3월 말까지 대회가 쉴 새 없이 진행되는데 나는 그 모든 경기에 출전할 수 없게 된 셈이다. 풀 죽어 있어 봤자 방법이 없었다. 나는 의사도 놀랄 만큼 경이로운 속도로 부상을 완치해 갔고, 몸 상태를 체크하면서 열심히 재활에 임했다.

그리고 낙상 사고로부터 두 달이 흐른 뒤 '무리하지 않는 선에서 연습해도 괜찮다'라는 의사의 허락을 받았다. 3월 말에 열리는 대회에 어떻게든 참가하고 싶었던 나는 초조함에 시달리며 오랜만에 하프파이프를 찾았다.

파이프 정상의 수평 부분인 데크에 서서 스노보드 바인딩을 채웠다.

두 달 만이니까 우선 가볍게 내려가면서 감을 찾자. 그렇게 생각하며 나는 스노보드를 미끄러뜨려 파이프의 가장자리인 립에서 드롭인*하려고 했다.

그런데 립에서 파이프의 바닥면이 내려다보이기 무섭게 누군가에게 꽉 잡힌 것처럼 심장이 바짝바짝 조여왔고, 등골이 서늘해졌다. 속에서 강한 토기가 치밀어 올랐다.

드롭인 하기 직전 나는 그 자리에 주저앉고 말았다. 다리와 손이 조금씩 후들거렸다. 순간 머릿속에 되살아난 것은 그때의 감각이었다. '아아, 나는 분명 이제 죽는구나.' 하고 깨달았을 때 오감이 사라졌던 그 감각.

"토우야…?"

함께 보드를 타러 온 유키토가 어딘가 이상한 내 모습

•　　하프파이프 안쪽으로 들어가는 동작

을 눈치채고 조심스레 말을 걸었다. 내가 부상을 치료하는 동안 유키토는 낭연하세도 모든 대회에 빠짐없이 출전하고 있었다. 게다가 작년보다 좋은 성적을 거두는 중이었다.

나는 질투와 울분으로 뒤엉킨 패배감을 유키토에게 품고 있었다. 뒤처진 정도야 순식간에 만회해 주겠다고 의욕을 불태웠었다.

그래, 바로 조금 전까지만 해도. 하지만 그런 불굴의 정신은 온데간데없이 사라졌다. 대신에 나를 지배하는 것은 죽음이 눈앞까지 다가왔던 그때의 감각과 죽음에 대한 끝없는 공포심이었다.

"미안해. 오늘은 영 상태가 안 좋네. 먼저 돌아갈게."

겁에 질린 나약한 모습을 유키토에게 들키지 않으려, 나는 벌떡 일어나 애써 평정심을 가장하며 말했다.

"뭐? 다 나은 거 맞아? 아직 아픈 거 아냐?"

"그런 거 아냐. 그냥 기분이 안 내켜."

나는 스노보드를 벗어 품에 안은 채 유키토를 등지고 걸어갔다. 유키토가 재차 나에게 뭐라고 묻는 소리가 들렸지만, 들리지 않는 척을 하며 걸음을 재촉했다.

그 시즌에 나는 끝끝내 스키장으로 돌아가지 않았다. …아니, 돌아가지 못했다. 날지 못하는 하프파이프 라이더가 스키장에 가봤자 무용지물이었으니까.

❄

일련의 사건을 너무도 생생하게 기억해 낸 탓인지 숨이 거칠어졌다.

'진정해. 난 살아있어.'

스스로에게 되뇌며 심호흡했다.

마침 눈앞에 나름대로 깔끔하면서 비싸 보이지 않는 적당한 비즈니스 호텔이 나타나 일단 체크인하기로 했다. 에노시마까지는 차를 끌고 왔기 때문에 주차장을 찾아야 했지만, 호텔에 숙박객이 이용할 수 있는 무료 주차장이 있어서 한시름 덜었다.

도쿄 시내에 위치한 1인 가구 임대 아파트로 돌아갈까도 생각했는데 리이와 내일 이 근처에서 아침을 먹기로 하여 에노시마 근방에 머무르는 편이 일정을 소화하기에 수월하다고 판단했다.

도쿄에서 진행되는 미디어 취재에 응하거나 스폰서를 방문할 때 여러모로 불편한 점을 줄이고자 계약한 아파트였다. 예년 같으면 가끔 잠만 자는 데서 그쳤겠지만 되도록 가족을 만나고 싶지 않은 올해에는 큰 도움이 되고 있었다.

하프파이프로 드롭인 할 수 없는 몸이 된 이후 나는 한 번도 호쿠리쿠에 있는 본가로 돌아가지 않았다. 유키토를 만난 적도 없다.

원래 비시즌에는 오키나와에서 서핑을 하거나 해외에 나가 스케이트보드 파크를 돌아다녔으므로 집에 가지 않아도 부자연스럽지는 않았다. 그래서 부모님도 그러려니 하시는 듯하다. …유키토는 의심하고 있지만 말이다.

초반에는 유키토도 "토우야, 무슨 일 있는 거 아니지?" "스케이트보드 타러 가자!" 하고 내게 마음을 썼지만 무언가를 눈치챘는지 점차 그 빈도가 줄어들었다. 그래도 가끔 연락이 오기는 한다.

요즈음 나는 '리이의 맛있는 일기'에 올라온 가게에서 밥을 먹고 밤에는 아파트로 돌아가거나 가게 근처의 호텔에서 묵거나 하면서 관동 지역을 정처 없이 돌아다니고 있다.

다행히 국제대회에서 받은 상금과 스폰서 계약금으로 주머니가 넉넉하여 금전적으로 여유가 있었다. 이렇게 적당히 빈둥거리며 생활할 정도는 된다.

'어쩔 작정이야?' 혼자 남게 되고 새삼스레 생각했다.

첫 만남에 시한부 인생이라고 주장하는 여자와 함께 다니기로 하다니. 스노보드로 승리를 거머쥐는 데만 온 신경을 쏟았던 얼마 전의 나라면 절대 하지 않을 행동이다. 얼이

빠지면서 인생에 대한 집착까지 함께 사라진 걸까.

참고로 리이도 근처 호텔에서 묵고 있는 모양이었다. 리이는 올해 취직을 하고 본가를 나와 자취를 시작했는데 시한부 선고를 받고 며칠 뒤부터는 자취집에 돌아가지 않는다고 했다. 맛집을 효율적으로 돌아다니기 위해서라나.

죽음과 얽힌 일로 방랑하던 우리 두 사람. 참 얄궂은 인연이다.

샤워를 하고 나와 오랜만에 제대로 거울을 봤다. 다른 사람과, 게다가 일단 여자와 함께 다닌다고 생각하니 갑작스레 내 꼴이 신경 쓰였기 때문이다.

"…장난 없는데."

불쑥 혼잣말이 튀어나왔다. 눈 뜨고 봐줄 수 없을 정도였다. 재활 훈련을 할 때 했던 트위스트 펌은 덥수룩하게 자랐고 애쉬 컬러로 입힌 하이라이트도 색이 빠져 푸석푸석한 노란색으로 변해있었다.

코끝까지 자란 앞머리 사이로 부릅뜬 눈이 보였다. 수염이 옅은 체질이라는 게 불행 중 다행이었다. 덕분에 아슬아슬한 선을 지켰다…고 믿고 싶다. 동안인 것도 한몫하여 마치 해외에서 길거리를 떠도는 아이들처럼 보였다.

꼴이 이런데도 용케 말을 걸었군. 좀 더 멀끔한 놈한테 말을 걸었어야지. 위험하잖아.

리이 입장에서는 외모에 관심 없는 편이니 밥을 같이 먹어주지 않을까 생각했을시도 모르지만 말이다. 그러나 이대로는 안 된다. 지금까지는 운 좋게 피해 왔지만 번화가를 걷다가 불심 검문을 받아도 할 말이 없다.

스마트폰을 꺼내서 주변에 있는 미용실을 검색했다. 이미 밤 8시가 넘은 시각이었지만, 다행히 밤 10시까지 영업하는 미용실이 바로 근처에 있었다. 나는 바로 매장으로 달려갔다. 두 시간 안에 펌을 새롭게 하기는 촉박했으므로 다 풀린 펌의 컬링이 살아나도록 커트를 하고 염색만 다시 하기로 했다.

"피어스 잠시 빼주시겠어요?"

시술에 들어가기 전 미용사가 부탁했다. 피어스를 했다는 사실조차 잊고 있어서 별안간 넋이 나갔다. 미용실의 커다란 거울에 비친 내 양쪽 귀에는 실버 후프 피어스가 빛나고 있었다.

"…아, 네. 죄송합니다."

대답과 함께 나는 양쪽 귀에서 피어스를 뺐다. 언제부터 끼고 있었는지 기억도 가물가물했다. 귀에서 뺀 피어스는 살짝 거뭇해져 있었다. 호텔에 돌아가면 깨끗하게 닦아야겠다.

덥수룩한 머리카락이 싹둑싹둑 잘려 나갔다. 머리끝에

살짝 남아있던 펌은 따로 손질하지 않아도 스타일리쉬한 느낌을 냈다. 애쉬 그레이 컬러도 내 피부톤과 잘 어울렸다. 사전 조사 없이 들어온 것 치고는 제대로 고른 미용실이었다.

그 길로 호텔에 돌아온 나는 스마트폰으로 '여명백식'을 검색했다. 병에 관하여 쓴 기사를 서너 개 읽어 보았는데 대체로 모든 기사가 이런 내용이었다.

초기 증상으로 식사 후 수 시간 내에 몸부림칠 정도로 격렬한 복통이 찾아온다. 이 증상을 계기로 유전자 검사를 진행하여 병을 진단한다.

식사할 때마다 여명백식 지수(병의 메커니즘이 규명됐을 때 발견한 유전자 내 수치)가 감소하며, 이 지수가 0으로 떨어지면 몸의 기능이 완전히 정지하여 죽음에 이르는 희귀병이다.

현시점에서 치료법은 존재하지 않는다. 환자의 동의하에 절식이나 유동식 등으로 수명을 연장하는 실험을 진행한 바 있지만 씹고 삼키는 동작을 이용한 식사가 없는 날이 지속되면 음식을 먹지 않아도 수치가 감소하여 수명 연장으로 이어지지 않았다. 또한 절식 혹은 평균 이상의 식사 간격이 계속되면 환자가 극심한 복통을 겪는 것으로 밝혀졌다.

다만 6~8시간 간격(5시간 이상의 수면이 포함된 경우 10~14시간)으로 세끼의 식사를 제대로 진행하는 한 환자는 건강한 상태를 유지한다. 간식은 양이나 시간에 따라 상이하지만 한 끼로 카운트되기도 하므로 섭취하지 않는 편을 권장한다.

일정량 이상의 알코올 섭취 또한 심한 복통을 유발한다. 환자의 체격과 체질에 따라 허용 용량은 다르지만, 알코올 5도 주류를 예로 들 때 100밀리리터 이상을 섭취할 경우 몸에 영향을 미칠 가능성이 높아진다. 따라서 요리 시 조미료 수준으로 사용되는 알코올은 문제없지만 음주는 금지다.

여명백식을 앓는 환자의 건강 상태는 마지막 식사까지 양호하게 유지되며 마지막 식사를 마치고 수마에 사로잡혀 잠자듯 사망에 이른다.

초기 증상을 보이고 검사를 거쳐 병을 진단받는 시점에 일반적으로 남은 식사 횟수가 백 끼 전후인 경우가 많아 여명백식이라는 병명이 붙었다.

선천적으로 해당 질환을 유발하는 유전자가 있다는 가설도 있지만 유전병은 아니며 감염병 또한 아니므로 타인에게 전염하는 경우는 없다. 돌연변이처럼 발병하는 질환이다.

지금까지 원인불명의 돌연사로 처리된 사인의 일부분이 여명백식일 가능성이 높다고 추정된다.

여명백식을 선고받은 환자의 치사율은 100퍼센트다. 치료법을 발견하지 못한 현재로서는 반드시 사망에 이르는 병이다.

여명백식에 관해 처음 알게 된 정보도 있었다. 특히 놀랐던 부분은 마지막 식사를 마칠 때까지 환자가 건강하다는 점이다.

지금 리이가 에너지를 주체하지 못할 정도로 건강해 보이는 게 당연하다는 뜻이다. 그런 생각을 하자니 공연히 불쾌해져 나는 스마트폰을 침대 구석으로 던졌다. 그러고 눈을 감고 마음을 다스리며 억지로 잠을 청했다.

이튿날 리이와 아침을 먹기로 약속한 가게에 가기 위해 호텔을 나와 가마쿠라역에서 에노덴이라고 불리는 에노시마 전철을 타고 이나무라가사키역으로 향했다. 전철 차창 너머로 아침 햇살을 받아 윤슬이 눈부시게 반짝였다. 너무나도 찬란하고 상쾌한 풍경이었다.

여명백식에 걸려 머지않아 목숨을 잃을 여자라든지 공

포에 질린 나머지 하프파이프에서 스노보드를 타지 못하게 된 남자 따위는 당연하게도 내 사연이 신경 쓸 리 만무했다.

이나무라가사키역에서 내리니 가마쿠라역 동네보다 짙은 바닷바람이 나를 반겼다. 아직 겨울의 문턱에 선 계절이 었지만 역시나 바닷가 근처라는 점은 무시하지 못하는지 뺨을 스치는 강풍이 몹시 시렸다. 여전히 눈부시게 햇빛을 반사하는 바다를 뒤로 하고 몇 분 정도 걸어가니 만나기로 약속한 곳이 보였다.

요리도코로라는 가게였다. TKG*, 톡 깨트려 먹는 계란 덮밥이 인기라고 어제 리이가 알려주었다. 일본풍 모던 스타일이 돋보이는 세련된 외부 인테리어는 계란덮밥이라는 소소한 가정식을 파는 밥집이라기보다 카페라고 부르는 편이 어울렸다.

그러고 보니 블로그의 가마쿠라 맛집 게시글에서 '번외편: 아침 식사가 맛있는 집'으로 소개한 내용을 본 기억이 있다.

가게 앞에 다다르니 먼저 도착한 리이가 커다란 캐리어의 손잡이를 쥐고 문 앞에서 기다리고 있었다. 리이는 내 얼

---

* 다마고카케고한. 대체로 날달걀과 간장을 넣어 밥과 함께 먹는 대중적인 일본의 아침 식사

굴을 보자마자 입을 떡 벌렸다. 이유는 모르겠지만 무척 놀란 듯 보였다.

뭘 보고 저렇게 경악하는 걸까.

"…토우야 머리 자르니까 잘생겼네. 어제는 얼굴이 거의 머리로 가려져 있어서 몰랐어."

왜인지 입을 삐쭉 내밀며 리이가 툴툴거렸다.

나를 응원하는 여성 팬이 적잖기는 했다. 스노보드 기술도 회자되었지만, 한편으로는 SNS에서 토우야 파와 유키토 파로 나뉘어 비주얼에 관해 신나서 떠드는 사람들이 있던 것도 사실이다.

이란성 쌍둥이라 생김새가 완전히 다른 유키토와 나는 누가 잘생겼는지는 둘째치고 여자들 사이에서 취향이 갈리는 모양이었다.

그래도 봐줄 만한 외모인데 왜 못마땅해하지. 이왕이면 함께 다니는 사람이 못생긴 것보다 잘생긴 편이 낫잖아.

"왜 그렇게 싫어해?"

"…아냐. 싫지 않아."

이상하다 싶어서 물었더니 리이는 미적지근한 대답만 했다. 도통 이유를 모르겠다니까.

"다행이야. 평일이라서 그나마 사람이 좀 적다. 휴일에는 웨이팅이 길대."

조금 전 불퉁한 표정은 이미 사라지고 기분이 좋은 듯 리이가 가게 안을 둘러봤다. 감정 기복 한번 심하네. 앞으로 먹을 계란덮밥으로 머릿속이 꽉 차 있을 게 분명하다.

구옥을 신식으로 개조하여 사진발이 잘 받을 것 같은 내부는 정취가 넘쳤다. 리이는 사람이 적은 편이라고 했지만 가게는 거의 만석이었다. 평일 아침 식사치고는 손님이 무척 많은 편이었다.

테라스석과 테이블석, 그리고 좌식이 있었지만 남은 자리가 좌식뿐이라 우리는 그쪽으로 안내받았다. 점원이 건네준 메뉴판을 예의상 훑어봤지만 리이는 볼 생각조차 없는 듯했다.

"메뉴 안 봐도 돼?"

"어제 말했잖아. 여기는 계란덮밥 정식이 제일 잘 나가. 모처럼 왔으니까 베스트 메뉴를 먹어야지."

내 질문에 리이가 호기롭게 말했다.

"하긴. 그럼 나도 그걸로 할게."

"좋아, 메뉴 선택 끝. 저희 주문할게요!"

리이는 씩씩한 목소리로 점원을 불러 사이드 메뉴로 엄선한 계란을 추가한 정식을 주문했다. 잠시 후 계란 흰자가 담긴 그릇과 거품을 내는 용도의 그릇이 서빙되었다.

점원은 먼저 흰자를 섞어서 머랭을 만들고 밥이 나오면

그 위에 머랭을 부은 다음에 노른자를 얹어 먹어야 제일 맛 있게 먹을 수 있다고 설명했다.

계란덮밥은 대충 만들어도 맛있는 간편식 아닌가. 조금 귀찮은데.

"이 노동을 해줘야 세계 최고 계란덮밥이 탄생한단 말 이지."

하지만 눈을 반짝이며 흰자 섞기에 열중하는 리이를 보 니 팔이 조금 아플지언정 맛만 좋아진다면 확실히 손해 보 는 장사는 아니라는 생각이 들었다.

정말 맛있는 거에 진심이구나. 밥을 먹을 수 있는 횟수가 많지 않으니 한 끼 한 끼 허투루 먹을 수는 없겠지. 앞으로 한 달이 지나면 눈앞에 있는 리이가 죽을지도 모른다는 사 실이 떠올라 살짝 침울해졌다.

흰자가 적당히 쫀쫀해졌을 즈음 마른반찬과 된장국, 밥, 그리고 노른자가 나왔다. 아주 진한 주홍빛을 띤 노른 자는 보기만 해도 농후한 맛이 상상되어 군침이 흘렀다.

머랭 상태가 된 흰자를 밥에 얹고 노른자를 그 위에 올 린 다음 젓가락으로 노른자를 터트려 간장을 쪼르륵 부었 다.

기다리고 기다리던 세계 최고 계란덮밥은 한 젓가락 입 에 들어간 순간 말릴 새도 없이 감상이 터져 나왔다.

"…맛있다."

폭신폭신한 계란 흰자도 덮인 밥에 꾸덕꾸덕한 노른자가 어우러져 입 안 가득 풍미가 넘쳐흘렀다. 푸근한 집밥이 생각나는 맛이었지만 정말로 별미였다.

리이도 동의하는지 연신 고개를 끄덕이고는 오물오물 씹던 내용물을 꿀꺽 삼켰다.

"그치?! 전에 왔을 때도 생각했지만, 이게 내 인생에서 넘버 원 계란덮밥이야!"

"방금 내 안에서도 넘버 원으로 등극했어."

"역시 토우야, 뭘 좀 아네! 내 블로그 애독자다워."

감상평을 나누고 나서 우리는 계란덮밥을 먹는 데 집중했다. 나는 눈 깜짝할 사이에 한 공기를 비웠다. 양이 성에 차지는 않았지만 손님이 많아서 추가 주문은 포기했다.

조금 뒤에 리이도 젓가락을 내려놓았다.

"아, 맛있었다. 잘 먹었습니다!"

양손을 모아 함박웃음을 지으며 특유의 멘트를 친다. 어제 나마시라스동을 먹었을 때와 같은 모습인데, 바로 정면에서 그 말과 행동을 보고 들으니 새삼스레 멀리서 바라봤을 때보다 몇 배는 더 발랄하게 느껴졌다.

'여명백식을 앓는 환자의 건강 상태는 마지막 식사까지 양호하다.'

어제 본 인터넷 기사가 떠올랐다. 지금 눈앞에서 리이가 씩씩하게 밥을 먹고 있는 모습은 전혀 이상한 게 아니다. 하지만 아무리 그렇다고 해도 리이에게 드리운 죽음의 그림자는 조금도 찾아볼 수 없었다.

가게를 뒤로하고 리이와 함께 내가 묵는 호텔의 주차장으로 향했다. 어제 내가 차를 가져왔다고 말하자 리이의 얼굴에 화색이 돌았다.

"그럼 차 타고 여기저기 갈 수 있겠네! 잘됐다. 전철로는 가기 힘든 곳도 있거든."

사람을 운전기사 취급할 셈이냐… 라는 생각은 당연히 하지 않았지만 "기름값은 제대로 계산해서 줄게. 운전도 교대로 하자." 하고 리이가 덧붙인 말을 듣고 솔깃했다. 참고로 기름값을 받을 생각은 추호도 없었고, 운전대를 양보할 의향도 없었다.

"백수치고 차가 꽤 큰데…."

차를 보자마자 리이가 크게 감탄했다. 그야 겨울에는 설산을 다녀야 하니 당연했다. 리이의 말에 악의는 전혀 느껴지지 않았다. 그냥 솔직한 생각을 말한 듯했다. 백수가 아웃도어 차량을 모는 건 역시 설정 구멍인가.

"짐 실어줘."

리이가 캐리어를 끌고 트렁크 쪽으로 향하는 바람에 당황했다. 트렁크 안에는 벌써 몇 달째 케이스에서 꺼내지도 않은 멀쩡한 스노보드가 당당하게 한 자리를 차지하고 있었다. 어쩐지 보여주고 싶지 않았다.

"무겁잖아. 내가 넣을게."

리이에게서 부드럽게 캐리어를 빼앗았다. 리이가 믿을 수 없다는 듯이 쳐다봤다.

"세상에…. 행동까지 잘났어."

스노보드를 리이에게 보여주고 싶지 않아 나온 행동이었지만, 그렇게 생각해 준다면 나야 고마웠다.

"차이나타운 기대된다!"

조수석에 올라탄 리이가 들뜬 목소리로 말했다. 이제부터 요코하마에 있는 차이나타운에 갈 예정이었다. 이 여행에서 리이를 졸졸 따라다니는 동행에 불과한 나는 행선지에 별다른 의견을 내지 않았다. '리이의 맛있는 일기' 운영자가 고른 가게라면 분명 맛은 보장될 테니 오히려 마음대로 정해주는 편이 좋았다.

요코하마 차이나타운은 초행이었다. 얼마 전까지 스노보드와 관련된 장소만 방문했던지라 관광지하고는 연이 없었고, 사실 가마쿠라도 처음이었다.

"내비 좀 맞출게."

내비게이션의 터치패널을 만지려고 손을 뻗었다. 마침 그 타이밍에 운전석 옆 콘솔 박스에 넣어두었던 스마트폰이 진동하길래 아무 생각 없이 손에 쥐었다.

'곧 시즌 시작하는데 괜찮아?'

유키토가 보낸 메시지다. 확인하자마자 우울한 기분에 사로잡혔다. 예전에 내가 그랬듯 목숨을 걸고 스노보드에 매진하고 있을 유키토. 내 이름에 얼 동凍 자가 들어가고 유키토 이름에 눈 설雪 자가 들어가는 것에서 짐작할 수 있듯이 부모님은 동계 스포츠가 취미였다. 두 분이 만난 계기도 대학교의 스키 동아리였다고 한다.

철 들기도 전에 그런 부모님의 손에 이끌려 간 스노보드 유아 교실에서 우리는 재능을 발견했다. 물 흐르듯 자연스레 우리는 스노보드 선수의 길을 걷게 되었다.

처음에 두각을 나타낸 쪽은 동생인 유키토였다. 천성이 밝고 호기심이 왕성한 유키토는 마음이 여렸지만, 코치가 시범으로 보여주는 기술을 재빨리 따라 하고 어렵지 않게 터득하여 완벽하게 선보인 적이 한두 번이 아니었다.

유키토는 천재라고 해도 과언이 아닐 정도로 뛰어난 재능을 갖고 있었다. 유키토가 주위의 기대를 한 몸에 받는 동안 나는 그저 묵묵히 훈련에 임했다. 누가 보지 않아도 조용히 갈고닦아온 기술은 어느새 유키토를 뛰어넘어 있었다. 그때가 십 대 중반 무렵이었다.

작년에 열린 농계 올림픽에서도 나는 메달권인 3위에 올라 동메달을 목에 걸었지만 유키토는 6위에 그쳤다.

내가 실력으로 추월해도 언제나 밝고 환하게 웃으며 나를 대했던 유키토. 그러나 동메달을 땄을 때 찰나의 순간 밀리서 나를 매섭게 쏘아보던 유키토를 목격하고 말았다.

질투하지 않는 게 오히려 이상했다. 반대 입장에 놓여도 한 수 아래였거늘 어느새 나를 앞지른 형제와 사이좋게 지낼 수 있을 것 같지 않았다.

'유키토. 내가 다쳤을 때 무슨 생각했어? 조금은 통쾌했지? 트라우마가 생기고 나서 한 번도 네 앞에 모습을 드러내지 않는 나에게 우월감을 느끼지는 않아? 그런데 왜 이런 연락을 하는 거야. 내버려두라니까.'

그렇게 생각하며 "괜찮아." 하고 짧게 답장을 보냈다. 바로 읽었다는 표시가 떴지만 답장은 오지 않았다.

"토우야, 왜 그래?"

잠시 입을 꾹 다물고 스마트폰을 쥔 채 굳어 있는 나를 리이가 의문스럽게 쳐다보며 물었다. 가슴이 뜨끔했다.

"아무것도 아냐. 가자."

마음을 추스르고 요코하마 차이나타운 근처 주차장으로 목적지를 맞춘 다음에 차를 몰았다.

유키토가 보낸 메시지 때문에 갑자기 리이의 가족이 신경 쓰였다. 가족과 식사하고 싶지 않다는 말을 어제 듣기는 했지만 이대로 쭉 만나지 않을 작정인가.

"리이는 가족이랑 안 지낼 거야?"

내 물음에 답이 돌아오지 않는다. 마침 빨간 불이어서 리이에게 고개를 돌렸더니 벙찐 표정을 짓고 있었다.

"…왜?"

"아니, 토우야가 너무 친근하게 이름을 불러서 깜짝 놀랐어. 여자 다루는 거 익숙한가 봐?"

그러고 보니 리이의 이름을 부른 건 이번이 처음이다. 리이의 지적에 실수했다는 생각이 들었다.

스노보드처럼 이른바 가로 타기를 하는 종목에서는 선후배라는 개념이 옅고 함께 타는 동료 사이가 되면 나이를 떠나 존칭도 생략하고 이름을 부르는 경우가 많다. 물론 다른 업계의 사람을 대할 때 지켜야 할 예의를 잊지는 않았지만, 여태껏 그런 세계에 속해 있었던 탓에 나도 모르게 자연스레 리이도 이름으로 부른 모양이다.

리이가 처음부터 허물없이 굴었던 이유도 크다. 그리고 딱히 여자를 잘 다루는 건 아니다. 여자 친구를 몇 명 사귀기는 했지만 내가 스노보드에 여념이 없다는 걸 알고 어느새 모두 떠나갔다.

"어…. 그런 거 아닌데. 음… 리이 씨."

"그냥 리이라고 불러."

리이가 피식 웃으며 말했다. 그렇게 말씀하신다면야.

"알았어."

"무슨 얘기 했더라. 아, 우리 가족? 엄마가 재혼하셔서 엄마랑 새아빠, 이렇게 두 명이야. 친아빠는 내가 초등학생 때 병으로 돌아가셨어."

리이는 별일 아니라는 듯이 말했다. 곧 친아버지와 같은 운명을 걷게 되리라는 사실을 알고는 있을까.

"두 분이랑 같이 지낼 계획은 없어?"

"아하. 곧 죽을 테니까 마지막은 가족이랑 보내라, 이 말 하고 싶은 거지?"

"…보통 다들 그렇지 않나 싶어서."

신호가 파란불로 바뀌어 차를 출발시켰다. 리이는 시선을 앞에 고정한 채 엄마와 자신의 관계를 설명했다.

친아버지가 돌아가신 후 혼자서 리이를 키운 어머니. 아버지 앞으로 나온 보험금은 부족하지 않았지만 리이가 남부럽지 않게 지냈으면 하는 마음에 어머니는 아침부터 밤까지 쉬지 않고 일하셨다고 한다.

엄마 덕분에 리이는 지망하던 대학교에 진학했다. 리이는 담담하게 말했다. 정말 진심으로 감사하다, 무사히 취직도 하고 독립해서 이제야 엄마 어깨의 짐을 덜어줄 수 있게 됐노라고.

"내가 고등학생 때 엄마가 재혼했거든. 나도 독립했겠다, 드디어 부부끼리 오붓하게 행복한 시간을 보내게 된 거잖아. 그런데 어떻게 병에 걸렸다는 얘기를 하겠어."

대수롭지 않게 이야기하는 리이의 말투에 나는 경악했다.

"가족한테 병에 걸렸다고 말 안 했어?"

제일 먼저 알려야 하는 사람들 아닌가. 일면식도 없던 나도 알고 있는데 말이다.

"응. 엄마는 지금까지 나만 보고 살다가 겨우 해방돼서 마음 편히 지내기 시작했는걸…. 그 타이밍에 내가 죽는다고 해 봐. 엄마 가슴에 대못밖에 더 박겠어? 불효자도 이런 불효자가 없어서 말하고 싶지 않아."

리이의 말에 한숨이 섞였다. 하지만 어디까지나 "내일 출근하기 싫다." 정도의 가벼운 탄식으로밖에 들리지 않았다.

"네가 그렇다면 그런 거지…."

아무럼 좋다는 식으로 대답해버렸다. 리이의 어머니도 새아버지도 딸의 목숨이 위험하다는 사실을 알고 싶을 게 분명하다. 죽을 때까지 말하지 않을 생각일까. 죽은 후에

통보받는 쪽이 더 불효 아닌가.

그렇게 생각했지만 아무 말도 하지 않았다. 저어도 내가 왈가왈부할 수 있는 문제가 아니었다. 죽음과 정면으로 마주한 리이의 결심에 간섭할 수 없었다.

"아무튼 우리 가족은 그래. 토우야네는?"

그렇지. 이번엔 나한테 질문할 차례구나. 리이의 가족이 신경 쓰여 물어보긴 했지만 역으로 질문이 돌아오는 상황까지는 예상하지 못했다.

"부모님하고… 쌍둥이 남동생 하나."

가족 구성원까지 감출 필요는 없다고 생각해서 조마조마한 마음으로 솔직하게 대답했다. 스노보드를 탄다는 사실만은 밝히지 말자. 감추는 게 적은 편이 실수할 위험도 덜할 테니까.

"쌍둥이?! 일란성이야? 똑같이 생겼어?!"

리이가 흥분하면서 물었다. 쌍둥이라고 밝힐 때마다 모두 똑같이 반응하기 때문에 익숙했다.

"이란성. 나는 엄마 닮았고 동생은 아빠 닮아서 생긴 건 남남이야."

"우와. 남동생은 뭐 해?"

"어… 대학생."

직장인이라고 하면 무슨 일을 하냐며 깊게 파고들 게 눈에 선해 학생이라고 설정했다. 작전이 먹혔는지 리이는 "그렇구나." 하고 납득했다.

"일도 안 하고 빈둥거리는 형 걱정하지는 않아?"

리이가 장난스레 말했다. 일도 안 한다는 이야기 빼고는 대부분 사실이었기에 멋쩍게 웃었다. 그 녀석이 걱정해봤자 우월감을 감추려는 눈속임일지도 모르지만.

잠시 후 차이나타운 근처 주차장에 차를 세운 우리는 지체하지 않고 입구로 향했다. 화려한 색채를 자랑하는 중국풍 지붕이 달린 문이 우뚝 솟아 있었다. '차이나타운'이라는 글자가 오른쪽에서 왼쪽으로 읽게끔 쓰여 있었고 파란색을 기조로 한 정교한 세공과 섬세한 조형에 절로 압도당했다.

날씨가 좋아 인파가 몰린 덕분인지 가마쿠라 근처와 비교하여 조금 더 따뜻했다. 오랫동안 밖을 돌아다녀도 힘들지 않을 것 같았다.

"먹으면서 돌아다닐까?"

화려한 문을 통과하며 리이에게 물었다. '리이의 맛있는 일기'에 올라온 차이나타운 게시글에는 구경하면서 먹을 수 있는 가벼운 메뉴 위주로 적혀있던 기억이 났다. 나중에 가 볼 생각으로 게시글을 읽었었다.

"응! 돌아다니면서 끌리는 거 하나씩 사서 천천히 먹자!"

리이가 들뜬 목소리로 대답했다. 차이나타운 먹거리를 맛볼 생각에 설레는 모양이었다.

"그래."

"좋아. 그럼 먼저 고기만두부터 공략하자고! 출바알!"

하늘을 향해 주먹을 쭉 뻗어 소리친 리이가 위풍당당하게 차이나타운의 메인 거리로 나아갔다. 그 기세에 살짝 꼬리를 내리고 리이를 뒤따랐다.

평일 점심이었지만 학생으로 보이는 젊은 층을 중심으로 거리는 적잖이 혼잡했다. 리이의 목적지였던 고기만두 가게 앞에도 줄이 꽤 늘어서 있었다. 그러나 리이는 고민하지 않고 대기 줄 맨 끝에 섰다.

슬쩍 옆 가게를 보니 '명물 고기만두'라는 입간판이 세워져 있었다. 그 가게에는 손님이 세 명뿐이라 바로 구입할 수 있을 것 같았다.

"옆에서 사면 안 돼?"

우리 앞에 수십 명이 줄 선 모습을 보고 기다리는 게 까마득해진 내가 물었다. 리이가 질렸다는 표정으로 무슨 당연한 소리를 하냐는 듯이 대답했다.

"당연히 안 되지. 차이나타운에서 가장 맛있는 고기만

두를 파는 데가 여기란 말이야."

"줄 엄청 길잖아. 언제까지 기다리게?"

"저기요, 토우야 님. 맛있는 건 그렇게 쉽게 손에 넣을 수 없답니다? 이 시간을 견디는 승자만이 맛있는 음식을 먹을 권리가 있다는 거지."

"…흐음."

잔뜩 흥분한 리이를 설득하기에는 어림없어 보여 나는 심드렁하게 대답했다. 아무래도 상관없으려나. 어차피 지금의 나는 넘치는 게 시간이다. 일분일초를 아까워하면서 하프파이프를 왔다 갔다 하는 스노모빌 운전수를 재촉했던 과거의 나는 이미 여기에 없다.

고기만두를 산 후에 우리는 교자, 사오마이*, 돼지고기 부추 만두, 작은 돼지고기 만두, 딤섬 꼬치, 테이크아웃용 북경오리구이, 대만식 지마키**, 상어지느러미 만두, 타피오카 펄 밀크티 가게 등등 이 집 저 집을 돌아다녔다.

어딜 가도 손님이 바글거렸던 탓에 음식을 모두 사는 데만 한 시간이 넘게 걸렸다.

"드디어 먹는구나!"

---

* 얇은 밀가루 반죽에 다진 돼지고기, 야채 등으로 속을 채워 빚은 딤섬
** 띠나 대나무 잎으로 말아서 찐 삼각형 모양의 찹쌀떡

다른 사람에게 방해가 되지 않도록 통행이 적은 도로변에 서서 리이가 말했다. 살증을 느낀 치에 진한 타피오카펄 밀크티를 보니 절로 군침이 돌았다.

"…배고프다."

아침 식사도 부족하게 먹었던 나는 기진맥진한 목소리로 말했다. 리이가 유쾌하게 웃었다.

"후후. 시장이 반찬이잖아. 그럼 먹을까? 잘 먹겠습니다!"

어깨춤을 추는 양 몸을 들썩이면서 말한 뒤 리이는 돌아다니면서 산 차이나타운의 여러 먹거리를 차례로 먹기 시작했다.

왕만두를 힘껏 와앙 베어 물고 꼬치에서 딤섬을 하나씩 빼 먹으며 "교자 육즙이 장난 아니야!"라고 감탄하거나 "사오마이 살살 녹네." 하며 하나하나 감상을 말하는 리이를 보고 있자니 기분이 좋아졌다.

나는 맛있다고 말하는 리이에게 짤막한 맞장구를 치는 데 그치면서 묵묵히 먹기만 했다. 하지만 속으로 불가사의한 감상을 품고 있었다.

우리가 산 음식은 모두 고급 요리가 아닌 B급 먹거리였다. 인기 메뉴이니 당연히 맛은 보장되겠지만, 왜인지 전부 명품 요리처럼 느껴졌다. 마치 일류 셰프가 고급 식재료를 듬뿍 넣어 만든 요리 같았다.

이런 착각이 드는 건 리이가 눈앞에서 활짝 웃으며 연거
푸 "맛있어!"를 외치고 있기 때문일까.

"역시 여기 고기만두가 인생 만두라니까. 어때? 줄 선 보
람이 있지?"

"…응. 맛있다."

리이의 말대로 처음에 산 고기만두가 제일 맛있었다. 폭
신폭신한 만두피에 게와 새우로 보이는 해산물이 들어간
소는 감칠맛이 넘쳤다.

줄이 긴 이유가 있다고 인정하는 동시에 맛있는 걸 먹기
위한 리이의 사전에 양보라는 단어는 없다는 걸 새삼스레
실감했다. 줄을 섰을 때도 전리품을 맛보는 지금도 행복해
서 어쩔 줄 몰라 보였다.

'역시 여명백식에 걸렸다는 건 거짓말 아냐?' 생기발랄
한 모습을 보자 또다시 그런 생각이 들었다.

혹시 사기꾼일 가능성은 없을까. 아니, 그럴 가능성은
낮다. 아까도 먼저 "주차장 요금 반반씩 내자." 하고 제안했
고 식비는 거의 더치페이였다.

시한부 인생이라는 선언과 리이의 행동 그리고 태도가
연결되지 않고 마구 엉킨 결과 '종잡을 수 없는 아이'라고
판단을 내렸다.

"지마키 진짜 쫀득쫀득한걸."

"…그렇네."

언제나처럼 잔뜩 신이 난 리이와 반대로 나는 덤덤하게 말했다. 감정을 겉으로 드러내는 게 서투른 성격이라 이게 디폴트다. 데면데면한 대답만 하는 나와 함께 밥을 먹는 게 리이는 즐거울까. 문득 그런 의문이 고개를 들었다.

"지마키가 너무 컸어…."

리이가 곤란한 듯이 웃었다. 리이의 손에는 주먹만 한 상어지느러미 만두 하나가 통째로 남아 있었다. 참고로 나는 거의 다 먹어가는 참이었다.

"토우야, 아직 더 먹을 수 있어?"

"있어."

아침을 부족하게 먹은 데다가 연비가 나쁜 몸으로 태어난 나는 아직 고기만두 세 개 정도는 거뜬히 해치울 수 있었다.

"이거 하나 다 먹는 건 힘들 것 같아서 괜찮으면 반 나눠 먹을래?"

"반띵?"

"아! 싫으면 내가 먹을 테니까 괜찮아. 못 먹을 정도는 아니고 그냥 남기는 게 싫거든."

나도 음식을 남기는 건 좋아하지 않는다. 억지로 먹어봤자 맛있을 리가 없다. 반으로 나누면 나도 리이도 맛있게 먹을 수 있다.

"괜찮아. 내가 반 먹을게."

"다행이다! 고마워."

리이가 고맙다는 듯 싱긋 미소 짓고는 상어지느러미 만두를 용기에 올려 반으로 나눴다. 그러고는 내게 "여기." 하며 건넸다.

"오, 속이 꽉 찼네."

리이가 먼저 만두를 입으로 가져갔고 나도 뒤이어 반으로 가른 만두를 한 입 베어 물었다. …왠지 묘한 기분이 들었다. 당장 어제 만난 정체 모를 녀석과 나는 어쩌다가 음식을 나눠 먹고 있는 걸까. 이런 건 가족이나 친구, 연인처럼 속마음을 잘 아는 사이끼리 하는 행동 아닌가. 왜 어제 처음 만난 우리가 이렇게 허물없이 밥을 나눠 먹고 있는 거지.

한 입 베어 먹은 상어지느러미 만두는 아까 내가 묵묵히 하나를 통째로 먹었을 때보다 더 맛있었다. 완전히 같은 음식일 텐데 말이다.

내 곁에서 멀어진 여자 친구들이 이런 걸 바랐을지도 모르겠다. 문득 그런 생각이 들었다. 음식을 서로 나눠 먹기는커녕 "밖에서 먹으면 간이 너무 세니까 나중에 집에서 먹자."라며 함께 밥 먹는 것조차 거부했던 과거의 내가 냉혈한처럼 느껴졌나.

리이가 저녁에는 무제한 중화요리점에 가고 싶어 했기 때문에 B급 먹거리를 배불리 먹은 뒤에는 소화를 시키며 시간을 보냈다. 차이나타운을 슬슬 거닐며 잡화점에서 아이쇼핑을 하거나 근처에 있는 야마시타 공원을 산책했다.

대형 여객선인 히카와마루가 정박한 바다와 인접한 평화로운 공원이었다. 어린 자녀의 손을 잡은 엄마와 학생 커플들의 모습이 보였다.

"저녁 먹을 때까지 소화시켜야 하니까 많이 걸어야 해."

리이는 통통 튀는 발걸음으로 공원을 돌아다녔다. 나는 그저 리이의 뒤를 따라 걸었다.

공원 바로 옆에는 마린타워가 우뚝 솟아 있었다. 사진을 찍는 관광객도 몇몇 보였지만 리이는 별다른 관심을 보이지 않았다. 그러고 보니 리이가 무언가에 카메라 렌즈를 갖다 대는 모습을 한 번도 보지 못했다는 사실을 불현듯 깨달았다. 어렵지 않게 그 이유가 예상되어 안타까울 따름이었다.

물론 내 마음을 알 리 없는 리이는 "저녁은 무제한이니까 최대한 다양하게 여러 개 시켜서 나눠 먹는 건 어때?"라거나 "전에 갔을 때 참깨 경단이 진짜 맛있었어." 하고 재잘거릴 뿐이었다. 나는 변변치 않은 대답만 돌려주는 유감스러운 상대였지만 리이는 개의치 않아 했다.

하지만 이따금 리이가 먼 바다를 잠자코 바라보는 순간이 있었다. 그때 리이의 표정에서는 어떠한 감정도 읽을 수 없었다. 큰 유리구슬 같은 리이의 두 눈이 푸르스름하게 물든 듯했다. 그 덧없는 빛깔을 보자 갑자기 불안에 사로잡혔다.

…역시 리이는 정말 여명백식에 걸렸을지도 몰라. 그런 생각이 들 때마다 나도 모르게 필사적으로 고개를 저었다.

시간을 죽이다 보니 어느새 저녁때가 되어 우리는 무제한 중화요리 가게에 들어갔다. 90분에 2,980엔이라는 저녁 식사치고는 저렴한 가격으로 먹을 수 있는 주문식 뷔페 레스토랑이었다. 아이를 데려온 손님도 눈에 띄었다.

리이는 낮과 마찬가지로 연거푸 맛있다는 말을 하면서 씩씩하게 밥을 먹었다. 여자치고는 많이 먹는 편이었다. 물론 나보다는 적게 먹었지만.

여명백식이라고 이름 붙은 병의 특징을 생각한다면 현재 건강해 보이는 게 지극히 정상이라는 점을 안다. 하지만 여명백식을 선고받고도 이렇게 맛있게 밥을 먹는 사람이 있다는 사실을 아직도 믿기 어려웠다.

거짓말이 맞다니까.

내 지갑을 노리는 것 같지는 않고 사기라는 의심도 옅어졌다. 애당초 돈이 목적이라면 백수라고 밝힌 나를 따라다닐 리가 없다.

리이가 어떤 속셈인지 가늠조차 되지 않았다. 그러나 신나게 수다를 떨고 복스럽게 먹는 리이와 함께 다니는 건 꽤 괜찮았다. 내가 별말을 하지 않아도 불편하다는 분위기를 일절 자아내지 않는 점도 편했다.

좌우간 혼자서 담담하게 지내며 스노보드와 관련된 생각을 억지로 떨쳐내려고 했을 때보다 단연 좋았다.

처음에는 리이를 거북한 타입이라고 여기며 혼자 조용히 시간을 보내고 싶을 뿐이니 그런 여행은 사절이라고 생각한 주제에. 리이와 함께 다닌 지 겨우 하루 만에 나는 이미 그런 생각을 품게 되었다.

이튿날, 우리는 요코하마 근처에 있는 호텔에 묵기로 했다. 호텔 주차장에 차를 세운 후 짐을 들고 프런트로 향했다. 캐리어를 끌고 오는 리이보다 먼저 프런트에 도착한 나는 호텔 직원에게 말했다.

"싱글룸 두 개요."

카드키 두 장을 받은 나는 어느새 등 뒤로 다가온 리이에게 "여기." 하고 한 장을 건넸다. 같은 층 옆방 이웃이었다.

엘리베이터를 타고 배정받은 방의 층까지 올라온 우리는 복도를 걸어갔다.

"토우야라면 자연스럽게 방 두 개 잡을 것 같더라. 다행이야."

평소답지 않게 나직이 속삭이듯 흘러나온 리이의 말에 나는 미간을 찌푸렸다. 무슨 뜻인지 바로 이해가 가지 않았다.

그때 앞쪽에서 민망할 정도로 밀착한 남녀가 걸어왔다. 남자는 여자의 허리에 손을 두른 상태였고 여자는 "아이, 하지 마." 하며 애교를 부렸다.

그런 의미였군. 리이의 말뜻을 겨우 눈치챘다.

이제 죽을 텐데 마지막 정도는 괜찮지 않냐며 몸을 요구하는 남자도 분명 널렸을 것이다. 하지만 얼마 전까지 스노보드에 일편단심이었던 나는 밀당이 오가는 남녀 관계까지 생각이 미치지 않았다.

…딱히 그런 욕구가 없는 건 아니다. 솔직히 남들 정도는 있다. 그러나 만약 내가 그런 행위를 리이에게 바란다면 이 정의 내릴 수 없는 관계가 그 순간 끝날 거라는 예감이 들었다.

그래서 나는….

"그럼 내일 봐. 잘 자."

아무것도 눈치채지 못한 척을 하며 리이에게 말했다. 리이는 미소 지으며 "토우야도 잘 자." 하고 답을 돌려주고는 자신의 방으로 들어갔다.

앞으로 일흔아홉 끼

리이와 만난 지도 며칠이 흘렀다. 요코하마 차이나타운에 다녀온 이튿날에는 미나토미라이21 지역을 돌아다녔다.

미나토미라이에서 가장 인상적이었던 건 아침 식사다. 우리가 먹은 음식은 해외에서도 선풍적인 인기를 끌고 있는 세계적으로 유명한 체인점의 팬케이크였다. 리이가 고른 메뉴는 입에 넣자마자 사르르 녹아내리는 폭신폭신한 빵 위에 팬케이크가 보이지 않을 정도로 헤이즐넛 소스를 듬뿍 끼얹고 바닐라 아이스크림을 올린 팬케이크였다. 리이와 달리 나는 노른자가 꾸덕꾸덕하게 흘러나온 계란 프라이와 베이컨이 올라간 에그 베네딕트 풍의 식사 대용 팬케이크를 주문했다.

그날 우리는 금방 가게에 들어갔지만 때에 따라 몇 시간씩 웨이팅이 있기도 한 모양이다. 리이가 말하기를 팬케이크 끝판왕이라고 미디어에서 여러 차례 소개된 적이 있다고 했다. 수플레를 연상케 하는 팬케이크가 맛있다는 데는 이견이 없었다. 하지만 끝판왕이라는 말에는 개인적으로는 매우 의문이었다.

애당초 내가 아침 식사로 밥을 선호하는 타입이기 때문일지도 모른다. 그렇게 생각하며 팬케이크를 볼에 가득 넣고 고개를 갸웃하는데, 리이가 장난스럽게 웃으며 내 마음을 꿰뚫어 봤다.

"토우야, 지금 '끝판왕 정도인가'라고 생각했지?!"

"어떻게 알았어?"

"나도 처음 먹을 때 그랬어. 진짜 맛있기는 한데 매일은 못 먹겠다고."

"딱 지금 내 심정이야."

"원래 난 아침으로는 밥에 된장국 조합을 좋아하거든."

"…나도."

그렇게 대답하자 리이가 기쁜 듯이 눈을 반짝였다.

"우와, 토우야도 밥 파야?"

"응. 빵도 싫진 않지만 밥이 든든하잖아. 물리지도 않고."

"대공감. 밥은 맨날 먹을 수 있으니까."

나는 고개를 끄덕였다. '리이의 맛있는 일기'를 읽을 때도 생각했다. 이 블로그 주인은 나랑 취향이 정말 비슷하구나. 그래서 어렴풋이 리이도 밥 파일 것이라고 짐작했다.

다음 날에는 사이타마현에 갔다. 지치부에서는 짚신을 연상케 하는 큰 돈가스가 올라간 덮밥인 와라지가쓰동을, 가와고에에서는 특산물로 유명한 고구마 디저트를 아주 배불리 먹었다.

그렇게 사이타마, 지바, 가나가와, 도쿄 등 관동 지역을 드라이브하면서 우리는 마음껏 맛집을 돌아다녔다.

리이의 블로그 게시글을 전부 읽지는 않았기에 처음 보는 가게도 몇 군데 있었다. 가끔 리이가 공책을 뒤적이기도 했는데 거기에 가고 싶은 가게를 메모해 둔 듯했다.

며칠 동안 함께 밥을 먹었지만 그때마다 리이는 후회 없이 맛있게 식사를 하고 그릇을 싹싹 비운 뒤 "아, 맛있었다. 잘 먹었습니다!" 하고 양손을 모아 환하게 웃었다.

반면에 나는 정말 단지 일행에 지나지 않았다. 즐거운 듯이 재잘거리는 리이에게 맞장구를 치거나 고개를 끄덕이는 것이 고작이었다. 이따금 "이거 맛있다." 정도는 말했지만.

그 짧은 말에도 리이는 신나서 "맛있지!" 하고 호응해주었는데, 그 반응이 은근히 마음에 들었다.

묘하디 묘한 나날이었다. 트라우마를 안기 전의 내가 이

광경을 본다면 "쓸데없이 시간만 축내고 있네. 제정신이야? 벌써 개장한 스키장도 있으니까 당장 보드나 타러 가."라며 노발대발할 게 틀림없다.

하지만 지금의 나에게는 나름 괜찮은 하루하루였다. 눈앞에서 뿌듯할 정도로 잘 먹는 리이의 모습을 보고 있으면 마음이 평온해지는 순간마저 있었다.

내가 죽음에 대한 트라우마를 안고 있다는 사실까지 잊게 만들었다. 그런 마음을 품고 리이와 어울리는 동안 내심 이런 생각이 점점 강해졌다.

'리이가 여명백식에 걸렸다는 이야기는 거짓말이 분명해.'

종이 한 장 차이로 사신의 일격을 피했지만 나는 요즘에도 종종 악몽에 시달렸다. 어지간히 운이 없지 않는 한 내가 죽는 건 수십 년 후의 미래일 텐데 여전히 죽음이 바로 옆에 바싹 달라붙어 있는 듯한 기분이 들어 섬찟했다.

리이는 앞으로 한 달 내에 죽음을 맞이한다. 그런데 이처럼 명랑하게 지낼 수 있다고? 아무리 생각해도 불가능했다. 분명히 누군가와 놀고 싶었던 변덕쟁이 리이가 이상한 거짓말로 나를 속여서 가지고 노는 것뿐이겠지.

이제 사기의 윤곽도 완전히 모습을 감췄으므로 나는 그렇게 생각하며 스스로를 납득시켰다. 가끔 아무 말 없이 경치를 바라보는 리이의 모습은 보고도 보지 못한 척을 했다.

그래, 이렇게 마냥 여유로운 애가 죽을 리가 없어.

그러나 리이와 만난 지 엿새째 되는 날. 그런 내 결론을 완전히 뒤집는 사건이 발생했다.

"병원이라고…?"

신주쿠에서 아침으로 오차즈케˙를 먹은 뒤였다. 오늘은 어디에 갈 예정이냐고 리이에게 묻자 예상 밖의 대답이 돌아왔다.

"응. 병원 가는 날이야. 정기적으로 진찰받아야 하거든. 어쨌든 병이니까."

리이는 아무렇지 않게 대답하고는 밥 공기에 남은 차를 홀짝홀짝 마셨다.

"병원은 어딘데?"

"네리마타카노다이역에 있는 대학 병원. 여기서 가려면 차보다 지하철 후쿠토신선 타는 게 빨라. 진료 끝나고 신오쿠보에서 점심 먹는 거 어때? 한국 음식이 당겨!"

"…그럼 나는 이 근처에서 기다릴게."

신주쿠역에서 신오쿠보까지는 걸어갈 수 있을 정도로

˙   간단한 고명을 올린 밥에 녹차를 부어 말아먹는 요리

가깝다. 진찰을 마친 리이와 신오쿠보에서 만나면 될 것이다. 하지만 내가 그렇게 제안하자 리이는 볼멘 표정으로 나를 바라봤다.

"그런 게 어딨어. 토우야도 같이 가야지. 왔다 갔다 할 때랑 기다릴 때 혼자 있으면 얼마나 심심한데."

"아니… 내가 같이 가도 괜찮아?"

만약 리이가 정말 여명백식 환자라면 어떡하지. 단순히 감기에 걸렸다든지 생채기가 나서 함께 병원에 가는 것과는 상황이 다르다. 그런 곳에 따라가다니 사양이다.

…게다가 나는 보고 싶지 않았다. 의사와 리이가 여명백식에 관하여 심각하게 이야기하는 광경을.

그 모습만 두 눈으로 직접 보지 않는다면 설령 리이가 곧 죽는다고 해도 건강한 거짓말쟁이 여자애라고 계속 믿을 수 있을 것만 같았다.

그러나 리이는 포기하지 않았다.

"당연하지! 제발 같이 가주라, 응? 맨날 혼자 가니까 가족이랑 싸웠냐, 남자 친구는 없냐 하면서 의사 선생님도 엄청나게 걱정하신단 말이야. 부모님처럼 엄청 좋은 분이라 외롭지 않다고 안심시켜 드리고 싶어."

'그러면 진짜 가족을 데리고 가면 되잖아.'

금방이라도 목구멍에서 튀어나오려는 말을 서둘러 삼켰

다. 내가 생각해도 너무 정 없이 들렸다.

"…알았어. 갈게."

"고마워!"

담담하게 대답했더니 리이가 씩씩하게 말했다.

'괜찮아. 걱정할 것 없어. 분명히 거짓말이야. 이렇게 밝게 웃는 녀석이 곧 죽는다니 말도 안 되지.'

병원으로 향하는 전철에서 나는 스스로를 타이르듯 계속 그렇게 생각했다. 틀림없이 병원에 도착하기 직전에 "몰래카메라 대성공!" 하고 리이가 깔깔 웃을 게 뻔했다. 어쩌면 나를 걱정해서 유키토가 작전을 꾸몄을지도 모른다. … 그런 생각까지 했다.

하지만 네리마타카노다이역에 도착하고 리이는 망설임 없이 역 근처에 위치한 와쿠도 대학병원으로 들어갔다. 그리고 익숙하게 접수를 마친 뒤 '소화기내과'라는 명패가 달린 진찰실 앞에 놓인 긴 의자에 앉았다.

"예약했으니까 그렇게 오래 안 기다려도 될 거야. 진료 끝나도 점심 먹을 때까지 여유 있어."

평소와 다름없는 모습으로 리이가 다리를 흔들거리며 말했다. 나는 심장박동이 빨라지고 있다는 사실을 들키지 않도록 "그렇구나." 하고 시치미 떼는 표정으로 대답할 수밖에 없었다.

이윽고 리이의 진찰 차례가 돌아왔다. 리이는 망설이는 기색 없이 진찰실 문을 열고 안으로 들어갔다. 나는 무거운 발걸음으로 그 뒤를 따랐다.

"어라? 웬일이야. 혼자가 아니네."

40대로 보이는 남자 의사가 리이와 나를 보자마자 먼저 그렇게 말했다. 눈 아래에 다크서클이 짙게 내려앉았고 살짝 피곤해 보였지만 은테 안경이 잘 어울리는 선이 가는 미남이었다. 흰 가운 위에 '미치시게'라는 명찰이 달려 있었다.

"후후. 토우야라고 해요."

"…처음 뵙겠습니다."

리이가 소개하여 일단 인사를 했다. 미치시게 선생님은 무척 흥미로운 눈빛으로 나를 바라봤다.

"오오, 시크한 훈남이잖아. 뭐야! 리이, 남자 친구 생겼어?"

훅 들어온 돌직구에 어안이 벙벙하여 말문이 막혀 버린 나는 아무 말도 하지 못했다. 그러자. "그런 거 아니에요. 그냥 여행 친구."라며 리이가 태연하게 대답했다. 그렇게 말하면 우리가 어떤 사이인지 모를 거 아니야… 하고 생각했지만, 우리 둘의 관계는 확실히 그 이상도 그 이하도 아니었다.

미치시게 선생님은 역시나 아리송한지 미간을 찌푸렸다. 그러나 "그래도 가까운 사람이 있다니 인심했어. 지금까지 계속 혼자 왔잖아." 하고 미소 지었다. 환자의 사생활을 깊게 파고들려는 의도는 없는 듯했다.

이어서 선생님이 리이의 얼굴을 찬찬히 살펴봤다. 지금까지보다 살짝 날카로운 눈초리였다.

의사가 환자를 의학적으로 관찰하는 듯한 시선을 보고 내 심장 소리가 다시 요란스러워졌다.

"혈색이 좋은걸."

"컨디션은 완전 좋아요! 토우야랑 같이 이것저것 맛있는 거 먹으러 다니거든요."

"듣던 중 반가운 소리야. 그럼 평소에 하던 검사 시작할게."

나는 진찰실 밖으로 나왔다. 혈액 검사와 촉진과 같은 몇 가지 검사를 하는 모양이었다.

10분 정도가 지나자 진찰실에서 리이가 나왔다.

"결과 나올 때까지 여기서 잠깐 기다려야 해."

"…흐음."

"그동안 신오쿠보에서 뭐 먹을지 정하자! 부침개랑 떡볶이…아, 호떡도 먹고 싶다. 여기 무제한인데 웬만한 메뉴는 다 있을 거야."

리이는 스마트폰 화면을 내게 보여주고는 한국 음식을 고르며 입맛을 다시고 있었다. 하지만 내게 리이의 말은 오른쪽 귀에서 왼쪽 귀로 빠져나갈 뿐이었다.

내가 할 수 있는 일이라곤 "괜찮은데." 혹은 "맛있어 보여." 하고 무난하게 대답하는 것뿐이었다.

그렇게 오래 지나지 않아 리이의 이름이 다시 불렸다.

리이는 진찰실에 들어가려다가 대기 공간의 긴 의자에서 좀처럼 일어나지 못하는 나를 보고 의아한 표정을 지었다.

"토우야, 뭐해? 빨리 와."

리이가 당연하다는 듯 나를 불렀다. …함께 들어갈 수밖에 없나.

진심으로 내키지 않았다. 하지만 더 이상 거부하기도 어려웠다. 처음으로 함께 온 사람이 병의 진행 상황을 듣지 않는다면 미치시게 선생님도 미심쩍어 할 것이다.

이내 체념하고는 리이와 함께 진찰실로 들어갔다. 나는 둥근 의자에 앉은 리이의 뒤에 멀뚱히 섰다.

미치시게 선생님은 검사 결과가 인쇄된 종이를 보면서 말했다.

"수치는 딱히 나빠지지 않았어. 예상한 대로야."

"그 말은 좋아지지도 않았다는 소리죠?"

리이가 씁쓸하게 웃으며 묻자 미치시게 선생님의 표정이 어정쩡하게 굳어졌다.

"아무래도 낫는 병이 아니니까."

"으아, 망했다. 알고는 있었지만 역시 충격이네요. 열심히 맛있게 먹고 있어서 아주 조오금 살짝 기대했는데. 선생님, 그럼 남은 식사 횟수도 역시 안 바뀌었어요?"

"응, 그대로야."

"그렇구나. 그럼 혹시나 해서 다시 한번 확인하는 건데요. 앞으로 일흔아홉 끼를 먹으면 저는 죽나요?"

"…그렇지."

두 사람의 이야기는 정말이지 현실감이 없었다. 영화나 드라마 속 등장인물이 나누는 대화처럼 나와 동떨어진 차원에서 이루어지는 것만 같았다.

하지만 눈앞에 앉아 있는 리이의 숨결을 느낀 찰나 '지금 이건 실제 상황이야.' 하고 내 몸이 인식한 듯 숨쉬기가 괴로워졌다.

심한 현기증이 느껴져 나도 모르게 무릎을 꿇을 뻔했지만 가까스로 참았다. 마치 내가 사형선고를 받은 기분이었다.

'여명백식에 걸렸다는 이야기는 거짓말이 분명해.'라고 굳게 믿고 있었는데, 그건 크나큰 착각이었다는 사실이 내 앞에 들이밀어진 순간이었다.

리이가 정기 검진을 받으러 오는 이유 중 하나가 남은 식사 횟수를 확인하기 위해서라는 사실도 마음의 통증에 박차를 가했다.

죽음으로 향하는 식사 횟수. 절대 틀려서는 안 되지만 직시하는 것도 괴로울 게 분명했다.

너는 어째서 "앞으로 일흔아홉 끼를 먹으면 저는 죽나요?" 하고 태연하게 말할 수 있는 거야….

진료가 끝나고 진찰실에서 나온 후 리이는 내 표정을 보고 웃음을 터트렸다.

"푸핫! 토우야, 인상 무슨 일이야? 아, 혹시 병원은 죽어도 오기 싫어하는 편이었어?"

언제나처럼 발랄한 목소리였다. 사람 마음도 모르면서…. 한순간 울컥했다. 하지만 리이는 처음 만났을 때 이미 "나는 곧 죽어." 하고 입장을 확실하게 밝혔다.

진찰실에서 나눈 대화를 듣고 충격을 받은 것도 리이의 말을 내 마음대로 거짓말이라고 여겼던 착각에서 비롯되었을 뿐이다.

"…그런 거 아냐."

평정심을 가장하며 말했다.

뭘 동요하고 있어. 누가 보면 내가 여명백식에 걸린 줄 알 것이다.

"그래? 안 하던 일 해서 피곤해진 거 아냐? 이제 신오쿠 보 갈 건데 괜찮아?"

"괜찮아."

이 길로 즐겁게 뭔가를 먹으러 갈 기분이 도저히 들지 않았다. 점심때가 다 되었는데도 전혀 배고프지 않았다.

그러나 곧 죽을 예정인 사람이 먹을 생각으로 머릿속이 꽉 차 있는데 방관자에 불과한 내가 "그럴 기분 아니야."라고 말할 처지가 아니었다.

한 시간도 걸리지 않아 신오쿠보에 도착했다. 한국어로 쓰인 간판을 내건 음식점과 한국 연예인 관련 상품을 파는 가게가 줄지어 있었다.

길을 돌아다니는 사람은 여자들뿐이었지만 평일 낮인데도 거리는 꽤 북적였다.

검사 결과를 기다리는 동안 리이가 스마트폰으로 찾아두었던 무제한 음식점에 들어갔다. 리이는 떡볶이와 삼겹살, 부침개 등 넉넉한 마음 씀씀이를 자랑하며 2인분씩 차례차례 주문했다.

"부침개 야들야들해서 맛있다!"

"…그러게."

생기발랄한 목소리에 평소처럼 동의했다. 하지만 무엇

하나 맛있게 느껴지지 않았다. 딱히 가게의 음식이 맛없는 건 아니었다. …그냥 내가 맛을 느끼지 못했다. 리이도 맛있다고 말했으니 말이다.

내 미각이 문제였다. 리이가 정말로 여명백식에 걸렸다고 생각하니 맛을 느낄 경황이 없었다.

매장은 친구 모임을 하는 여자들 무리와 커플로 만석이었다. 모두 입가에 미소를 머금고 즐겁게 이야기를 나누며 음식을 먹고 있었다.

우리는 분명 다른 사람의 눈에 연인처럼 보일 것이다. 그러나 정체는 수명이 얼마 남지 않은 여자와 날 수 없는 스노보드 선수. 죽음이라는 목적지를 향해 여행하는 여자와 그 여행에 동반자로 나선 남자라는 기묘한 조합.

우리에게는 미래가 없었다. 하지만 리이는 옆에 앉은 커플보다도, 안쪽에 앉은 모임에 참석한 여자들보다도 행복하다는 듯 미소 지으며 언제나처럼 말했다.

"아, 맛있었다. 잘 먹었습니다!"

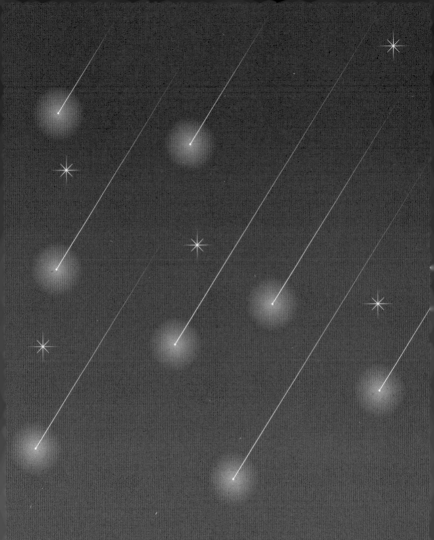

앞으로 일흔 끼

그 후로도 며칠 동안 우리는 관동 지역에 위치한 가게를
돌아다녔다.

　내 미각 장애는 리이가 병원에 갔던 다음 날 말끔히 나
았다. 원래대로 배고픔도 느껴졌다. 리이가 죽는다는 사실
을 몸이 받아들인 모양이었다. 내 칼 같은 무정함이 혐오스
러웠다.

　당연한 이야기일지도 모르지만, 병원에 다녀오고도 리
이의 태도는 여전했다. 온 힘을 다해 맛있는 음식을 찾아다
니고 한껏 음미하면서 다 먹은 뒤에는 환히 웃으며 "잘 먹었
습니다!" 하고 만족감을 드러냈다.

　그런 리이를 볼 때마다 지치지도 않고 나는 '거짓말이
맞다니까.' 하고 순간적으로 생각했다. 하지만 이내 진찰실

에서 마주한 광경을 떠올리고는 침울해졌다.

그날은 토요일이었다. 아침을 먹고 오늘은 어디에 갈 예정이냐고 묻자 요요기 공원에서 '태국 페스티벌 도쿄'라는 축제를 하고 있는데, 거기에 태국 음식을 먹으러 가고 싶다고 했다.

"축제는 진짜 오랜만이야."

요요기 공원으로 향하는 전철에서 내가 속삭였다. 요요기 공원은 자동차보다 전철을 타고 가는 편이 수월하여 오늘은 숙박하는 호텔에 차를 두고 나왔다.

이 여행을 시작한 이래로 나와 리이는 호텔 생활을 하고 있다. 리이가 가고 싶은 가게를 효율적으로 돌아다니기 위해서다. 그런고로 우리는 숙박업소에서 각자 방에서 자는 시간 외의 거의 모든 시간을 함께 보내고 있는 셈이다.

리이가 옆에 있는 상황에 익숙해진 나는 깊게 생각하지 않고 말할 때가 늘어났고, 시답지 않은 이야기를 하는 일도 많아졌다.

"마지막으로 간 게 언제야?"

"어렸을 때 가고 처음 같은데."

사실 스노보드 선수로서 축제 이벤트에 초청받은 적은 있다. 하지만 순수하게 축제를 즐긴 건 아니었으므로 제외했다.

"진짜? 친구들이나 여자 친구가 같이 가자고 안 했어?"

리이의 말에 기억을 더듬어 보았다. 예전에 사귀었던 여자 친구가 졸랐던 것 같기도 하고… 그때 거절했던가. 간 기억이 없다는 건 그랬다는 소리겠지.

"…같이 가자고는 했는데 일 때문에 못 갈 때가 많았지."

"진짜? 그렇게 바쁘셨던 분이 지금은 왜 백수일까요?"

리이가 농담조로 말했다. 다른 사람이라면 살짝 발끈하며 그 농담을 받아쳤을 것이다. 하지만 리이가 나를 '백수'라고 놀리는 건 내 정체를 전혀 의심하지 않는다는 뜻이라서 내심 안도했다.

"그냥 넘어가는 법이 없다니까, 아주."

나는 미간을 찌푸리며 똑같이 농담조로 대답했다.

"후후."

리이가 웃었다.

태국 페스티벌이 진행되는 요요기 공원의 한편에 도착하니 이미 수많은 가족 단위와 커플로 발 디딜 틈이 없었다.

어느덧 11월 하순이 되어 도쿄의 기온도 뚝 떨어졌다. 손발이 시리거나 새하얀 입김이 나오거나 하는 정도는 아니었지만 밖에서 따뜻한 음식을 먹으면 한층 맛있게 느껴질 날씨였다.

무대에는 태국의 민속 음악인지 생전 처음 보는 형태의

악기 연주에 맞추어 노래를 부르는 아시아 계열 외국인이 서 있었다. 쭈욱 줄지어진 노점 여기저기에서 진한 향신료 냄새가 풍겼다.

엔니치°를 떠올리게 하는 노점도 여럿 있었는데 사격 게임과 제비뽑기를 하며 잔뜩 신난 아이들은 절로 미소를 자아냈다.

리이가 공책을 보면서 "이거랑 이거, 이것도 먹고 싶고…" 하고 중얼거렸다. 예전에 와 본 적이 있는 듯했다. 리이가 가지고 다니는 공책의 아기자기한 표지는 초등학생 때 교실에서 본 듯한 정겨운 동물 그림이 그려진 디자인이었다. 제법 오래된 공책 같은데 언제부터 갖고 있던 걸까. 리이가 그 공책을 꺼낼 때마다 궁금했다.

메뉴가 일본어로 표기되어 있긴 했지만 발음하기가 어려워서 머릿속에 들어오지 않았다. 리이가 "이거!" 하고 지정한 음식을 파는 노점에 줄을 서서 하나씩 기계적으로 사가는 게 최선이었다.

그렇게 목표로 삼았던 음식을 얼추 산 것까지는 좋았는데, 축제 부지 내에 설치된 몇 개 없는 테이블은 이미 만석이었다.

• 　일본의 신사나 사찰에서 열리는 축제

"어디서 먹을까?"

"후후. 이럴 줄 알고 내가 돗자리를 사서왔지!"

리이는 매고 있던 배낭 속에서 돗자리를 꺼냈다. 귀여운 물방울 모양 무늬가 그려져 있었다.

"준비성 좋은데?"

"내가 이런 사람이야. 여기 나가면 바로 잔디밭 있으니까 거기서 먹자."

"응."

우리는 이것저것 산 태국 음식을 손에 들고 태국 페스티벌 부지를 나왔다. 리이가 말한 대로 잔디 광장이 있었고, 돗자리를 펴고 앉아 태국 음식을 먹는 사람들이 많았다. 우리도 그 사이에 돗자리를 펼치고 앉았다.

결국 메뉴 이름은 하나도 외우지 못했다. 아무튼 등뼈찜부터 시작해서 튀긴 춘권, 닭튀김, 돼지 귀 볶음 등 맛이 진한 음식이 많았다.

모든 음식에 매워 보이는 향신료가 뿌려져 있었다. 그리고 실제로 상당히 매웠다.

"맛있어! …근데 어휴, 매워서 정신이 확 드네."

동남아 음식이 자랑하는 본고장의 매운맛을 리이는 마음껏 즐겼다. 나도 매운 걸 못 먹는 편은 아니지만, 혀가 얼얼할 정도로 매웠다. 조금 전에 자판기에서 산 녹차를 곁들이니 딱 좋을 정도로 매운맛이 가셨다.

　태국 맥주를 파는 노점도 있었다. 평소에 술을 한두 잔 즐기는 편이라 살짝 마음이 동했지만 무언가를 떠올리고는 그냥 지나쳤다.

　여명백식 환자는 일정량의 알코올을 섭취하면 격렬한 복통에 사로잡힌다. 병에 관하여 찾아봤을 때 읽은 내용이다.

　실제로 리이는 지금까지 식사를 하면서 단 한 번도 술을 마시지 않았다. 리이가 원래 술을 즐기는지 어떤지는 모르겠지만 만약 참고 있다면 눈앞에서 술을 마시는 건 너무나 몹쓸 짓이다. 그래서 나는 리이와 함께 있는 동안 금주하기로 했다.

　…함께 있는 동안. 앞으로 몇 번의 식사가 남았을까. 떠올리고 싶지 않아서 따로 횟수를 세지 않았다.

　리이가 밥을 먹고 손가락을 접거나 스마트폰의 달력을 보며 남은 식사 횟수를 세는 모습을 종종 목격했지만 나는 의식적으로 눈을 돌렸다.

　"으앗, 이거 완전 매워! 지금까지 먹은 것 중에 제일 매워!"

　등뼈찜을 한 입 먹자마자 리이가 얼굴을 찌푸렸다. 확실히 등뼈찜은 매운 음식 천지인 오늘의 메뉴 중 단연 매웠다. 주당인 나에게는 술을 부르는 맛이라 맛있게 맵다고 생각했지만 먹고 나서 시간이 꽤 지났는데도 여전히 혀가 얼얼했다.

"괜찮아? 리이, 이거 다 먹을 수 있겠어?"

"으으…. 자존심 상하지만 못 먹을 것 같아…."

리이가 분하다는 듯 말했다. 음식 남기기를 무엇보다 싫어한다고 한들 몸이 받아들이지 못한다면 어쩔 수 없다.

"토우야는 아무렇지 않아?"

"맵긴 했지만 맛있는데."

"이렇게 매운 걸 먹는다고? 대단하다."

"그래? 남은 거 내가 먹을까?"

한 입 먹은 걸로 눈물을 그렁그렁 매달았는데 남김없이 먹기에는 본인이 고백한 대로 역시 어렵겠지.

"정말?!"

"응."

"그럼 부탁해! 여기!"

리이는 흔쾌히 나에게 등뼈찜을 건넸다. 리이가 한 입 베어 먹은 흔적이 있다. 받아 들고 깨달았지만… 간접 키스가 된다. 리이는 전혀 대수롭지 않은 듯 과일 주스를 마시며 입가심을 하고 있었다.

하긴, 중학생도 아니고. 찰나였지만 그런 생각을 한 스스로가 유치하기 짝이 없어 머쓱해졌다. 나는 등뼈찜을 덥석 물었다. 굉장히 맵긴 했지만 그게 매력이었다.

"음식점 말고도 노점이 많네. 모처럼 왔으니까 구경하자."

"좋아."

축제 현장으로 돌아간 우리는 느긋하게 노점을 구경하며 돌아다녔다. 리이는 태국에서 만든 듯한 잡화나 액세서리를 파는 가게를 찬찬히 살펴보았다.

나는 물건 자체에는 별 관심이 없었지만 "이 그릇 귀여워!" "팔찌 예쁜데." 하고 말하는 리이와 함께 돌아다니는 건 나름대로 즐거웠다.

이것저것 구경한 게 무색하게 리이는 아무것도 사지 않았다. 그 모습을 보고 문득 리이의 앞날이 짧다는 현실이 떠올라 암담해졌다.

그런데 "아, 저 키홀더 마음에 든다."라고 말하며 리이가 가리킨 건 태국과 전혀 관계없어 보이는 사격 게임 노점의 경품이었다. 노점 앞에는 초등학생 정도 되는 아이들이 진지하게 사격 자세를 취하며 경품을 노리고 있었다.

"뭐?"

"저거. 고양이."

고양이라는 말을 듣고 무엇인지 재빨리 파악했건만 손가락이 향한 대상이 센스하고는 영 거리가 멀어 보여서 나는 허탈하게 웃었다.

"저게 마음에 든다고'/ 엄청나게 못생겼는네…."

막을 새도 없이 독설이 튀어나왔다. 그도 그럴 게 그 고양이는 삼백안을 하고 이쪽을 노려보고 있는 데다가 땅딸막하기까지 해서 정말로 볼품없었기 때문이다.

"그게 매력이잖아! 이해 못 하려나."

"이해 못 하겠어."

"흥, 됐어. 내가 딸 거니까."

리이는 나를 향해 입을 삐쭉거리더니 사격 게임 노점을 지키는 무기력한 아저씨에게 "한 판 할게요!"라고 말을 걸었다.

"자, 세 발에 300엔."

"네에!"

300엔을 내자 아저씨는 코르크 총과 탄환 세 발을 리이에게 건넸다.

"세 번 안에 끝장을 내 주지."

의욕을 불태우며 총을 들었지만, 리이의 세 발 탄환 모두 못생긴 고양이를 스치지도 못했다. 애당초 리이는 올바른 사격 자세를 취하게끔 설치된 지지대에 팔을 제대로 올리지 않고 총을 쐈기 때문에 총구가 목표물인 고양이에서 빗나가 있었다.

사격과 친하지는 않지만 저렇게 되는 대로 쏘면 맞지 않는다는 것쯤은 안다.

"너무 못하는 거 아냐?"

자신만만하게 시작했던 모습과 달리 기술은 꽝 그 자체라 나도 모르게 실소를 금치 못했다.

"마, 말이 심하네! 사격은 중학생 때 해 보고 처음이란 말이야…!"

리이가 반론했지만 총을 쏘기 전보다 소심해진 모습이었다. 본인도 설마 이 정도로 실력이 형편없을 거라고는 예상하지 못한 모양이다.

"뭘 믿고 자신감 넘쳤던 거지."

"시, 시끄러워! 그러는 토우야는 얼마나 잘하길래!"

"아마 리이보다는 잘하지 않을까."

어렸을 때 딱 한 번 해 봤다. 어렴풋하지만 지금의 리이보다야 나을 것이라고 장담한다. 애당초 나는 몸 쓰는 일이라면 처음 도전해도 눈썰미가 있어서 대충 폼은 낼 수 있다. 올림픽에 출전하는 국가대표 레벨의 운동선수라면 누구나 마찬가지겠지만.

"진짜?! 그럼 토우야가 저거 뽑아 줘!"

리이가 예의 그 못생긴 고양이를 가리키며 말했다. 할 마음이 없었던 나는 당황해서 바로 대답하지 못했다.

그런데 노점 아저씨가 "아하하. 여자 친구가 부탁하는데 보기 좋게 날려 봐." 하고 웃으면시 부추겼다.

여자 친구, 그 표현에 당혹감이 커졌다. 당연히 우리는 그런 관계가 아니다. 나는 여명백식에 걸린 리이와 함께 여행하고 있을 뿐이다.

스스로도 명쾌하게 답을 내릴 수 없는 기간 한정인 이상한 관계.

'아뇨, 저희 사귀는 사이 아니에요.' 이렇게 말하면 이 당혹감은 해소되겠지. 하지만 왜인지 부정하고 싶지 않았다.

"토우야, 부탁해! 응?"

리이도 아저씨의 말을 물 흐르듯 자연스럽게 받아넘겼다. 도대체 무슨 생각인지 모르겠다. 하지만 이것저것 재는 게 귀찮아져서 나도 일단 대화의 흐름에 타기로 했다.

"알았어. 해 볼게."

"우와! 고마워!"

자리에서 폴짝폴짝 뛰며 기뻐하는 리이. 정말이지 '갖고 싶은 사격 게임 경품을 남자 친구가 따 주길 바라는 여자 친구'로만 보였다.

300엔과 맞바꾼 코르크 총을 들고 못생긴 고양이 키홀더를 조준했다. 그 순간, 기분이 고양됐다.

어렸을 때부터 사소하디 사소한 승부에도 피가 들끓어

오르는 게 내 천성이었다. 인생을 건 승부사에게서는 계속해서 도망치고 있는 주제에 귀찮은 천성만큼은 남아 있다니. 참 꼴불견이다.

"첫발은 키홀더의 오른쪽을 미세하게 스쳤다. 두 번째 발에서는 머리를 맞췄지만 살짝 흔들리는 정도에 그쳤다. 사격 게임에서는 진열대 위에서 경품을 떨어트려야만 인정이 된다.

"아까워! 맞았는데!"

안타까워하는 리이의 목소리가 옆에서 들려왔다.

정가운데를 맞춰야 떨어지는 구조인가. 장사 한번 뻔뻔하게 하는군. 그러고 보니 아까부터 초등학생 몇 명이 도전하고 있는데도 누구 하나 경품을 얻은 아이가 없었다.

나는 작게 숨을 내뱉고 첫 번째와 두 번째 시도 때보다 온 신경을 곤두세웠다. 뚫어지도록 집중하여 못생긴 고양이의 몸통, 키홀더의 중앙을 노렸다.

방아쇠를 당기자 탄환이 완벽하게 고양이의 정중앙에 명중했다. 키홀더가 휘청하더니 진열대 뒤쪽으로 넘어갔다.

"뭐야, 뭐야! 토우야 진짜 세 발 만에 땄잖아!"

리이가 제자리에서 방방 뛰며 기뻐했다. 나를 꼬드긴 노점 아저씨도 설마 세 발 만에 명중하리라고는 생각하지 않았는지 놀란 표정을 지었다.

"제 클래스가 이 정도입니다."

신나서 어쩔 줄 모르는 칭찬을 듣고 순수하게 기분이 좋아진 나는 농담을 섞어 말했다. 그런 나에게 아저씨는 "받아라." 하고 키홀더를 건넸다.

"자, 여기."

리이에게 바로 키홀더를 넘겨주었다.

"고마워! 우와, 이렇게 잘한다고? 진짜 깜짝 놀랐어. 토우야 사격 자세 취할 때 은근 멋있더라? 시선이 막 이렇게 날카로워 가지고."

리이가 싱글벙글 웃으며 키홀더를 받았다.

"…시선이 날카로웠다고?"

"응! 승부에 임하는 눈빛이었어. 그 정도로 진지하게 해야 하는구나 싶었다니까. 솔직히 게임이라서 조금 얕봤거든."

"리이 실력으로는 진지하게 해도 어렵지 않나?"

"말 다 했어? 조금 띄워줬더니 진짜!"

내가 놀리자 리이는 과장되게 발끈했다. 그 모습이 우스 꽝스러워서 내가 슬쩍 웃자 리이도 "푸핫!" 하고 웃음을 터 트렸다.

승부에 임하는 눈빛… 이라. 이런 데서 그런 눈빛 지어 서 뭐 하려고? 마치 남 일처럼 비아냥거렸다.

못생긴 고양이 키홀더는 리이의 배낭에 매달려 자리를 잡았다. 심플한 검은색 배낭과 전혀 어울리지 않았다. 하지만 메뉴가 나오기를 기다리거나 할 때 리이가 그 키홀더를 만지고서 살며시 미소 짓는 모습을 나는 종종 발견했다.

그때마다 왜인지 마음이 간질거렸다. 그러나 이내 리이가 여명백식을 잃고 있다는 사실을 떠올리고 한없이 침울해졌다.

태국 페스티벌의 다음 날 밤, 도쿄 시내에 있는 이자카야에서 리이의 고등학교 동창들과 술을 마시게 되었다.

"미호! 유이! 이게 얼마 만이야! 늦어서 미안해."

약속 시간을 살짝 넘기고 들어갔더니 리이의 두 친구는 이미 자리를 잡은 상태였다. 리이는 친구들에게 반갑게 인사했고, 나는 말없이 고개를 꾸벅 숙였다.

모임 장소는 나도 몇 번 와 본 적이 있는 닭꼬치 구이 체인점이었다. 가게 안은 대학생처럼 보이는 젊은이들과 20대 직장인 무리로 가득했다.

리이와 두 친구가 모일 때면 언제나 이 가게에서 만나는 듯했다. 착한 가격에 맛도 있고 주문 후 음식이 빨리 나오는 점이 세 사람의 마음에 쏙 든 모양이었다. 이 가게의 닭꼬치 구이가 맛있다는 건 나도 물론 알고 있다.

"오늘 친구들끼리 정기적으로 만나는 날인데 토우야도 와."

아침에 호텔에서 조식 뷔페를 먹다가 리이가 갑자기 통보했을 때는 솔직히 곤혹스러웠다.

"내가 껴도 돼?"

고등학생 때부터 쭉 친분을 이어오고 있는 친구들과의 모임에 외부인인 내가 참석하면 상대 쪽도 불편해할 것 같았다. 솔직히 나도 그런 자리는 거북했다.

그러나 리이는 눈썹 끝을 축 늘어뜨리고 간절하게 부탁했다.

"오히려 제발! 부탁이니까 와 주라. …그리고 가능하다면 내 남자 친구인 척도 해 주면 안 될까."

예상 밖의 주문에 나는 화들짝 놀랐다.

"…왜?"

"내 입으로 말하기 부끄럽지만 몇 년 동안 솔로였거든."

"아… 대충 알겠다."

생긴 것만 보면 누구나 인정할 미인이지만 어디까지나 입을 다물고 있을 때의 이야기다. 처음에는 리이의 외모에 이끌렸다가 꽤나 사람을 귀찮게 하는 성격이라는 걸 깨닫고는 이내 멀어져 가는 남자의 모습이 쉽게 상상됐다.

내 말에 리이가 떨떠름하다는 표정으로 물었다.

"대충 알겠다니 무슨 뜻이죠?"

"아, 별 뜻 없습니다."

"살짝 열받기는 하는데 일단 넘어간다. 아무튼 친구들이 매번 걱정해. 만날 때마다 날 위한답시고 연애 강의를 연단 말이야."

"엄청 착한 친구들이네."

"맞아. 그래서 안심시키고 싶어. 그리고 생각해 봐. 내가 죽을 때 남자 친구가 옆에서 돌봐준 걸로 알면 걔네도 조금은 덜 슬퍼하지 않을까?"

곧 찾아올 자신의 죽음을 대수롭지 않게 리이가 이야기할 때마다 나는 하나하나 동요했다. 그렇게까지 말하는데 거절하기가 어려웠다. 나는 할 수 없이 수락했다.

"알았어. 남자 친구처럼 행동할게."

그렇게 나는 리이의 남자 친구로서 모임에 참석하게 되었다. 당연하다는 듯 리이의 옆자리에 앉아 미호와 유이에게 자기소개를 했다.

"토우야라고 해."

두 사람 모두 발랄하고 서글서글한 친구들이었다. 처음 만났는데도 나에게 거리낌 없이 살갑게 말을 걸며 대화를 이어나갔다.

여러모로 리이와 잘 통하는 친구들이구나. 두 사람을 보며 생각했다.

세 사람의 근황 토크로 시작한 모임은 직장 상사 험담,
불평불만 가면을 쓰고 있던 미호와 유이의 남자 친구 자랑
으로 이어지며 분위기가 점점 달아올랐다.

당연히 두 사람에게 여명백식에 걸렸다고 털어놓지 않
은 리이는 건강한 몸으로 평소와 다름없이 평일에 출근하
는 척을 하며 대화에 참여했다. 실은 병을 선고받은 시점에
바로 퇴사했지만 말이다.

어느덧 이야기의 주제는 나로 바뀌었다.

"이렇게 훈훈한 남자 친구를 데려오다니 리이가 결국 해
냈구나."

내 얼굴을 빤히 바라보면서 유이가 감격스럽다는 듯이
말했다. 어떤 반응을 보여야 할지 몰라서 어정쩡하게 웃으
며 "그래?" 하고 받아쳤다.

미호가 고개를 격하게 끄덕이며 동의했다.

"한 살 연하인데 성격도 차분해. 우리랑 동갑인 남자애
들은 철 들려면 멀었잖아."

"내 말이! 그래서 역시 연상이 답이라고 생각했는데 토
우야처럼 쿨하면 완전 환영이지."

두 사람은 흥분한 듯 말했다. 친구의 남자 친구이니 좋
자고 하는 소리겠지만 예전부터 나이에 비해 성격이 건조하

다는 말을 자주 듣기는 했다.

어렸을 때부터 생사가 걸린 스노보드와 마주하며 자연스럽게 달관하는 태도가 몸에 밴 듯하다.

"나도 토우야 과묵한 점이 좋아."

두 사람의 이야기에 리이가 맞장구쳤다. 그러고 보니 나에게 같이 여행하자고 권했던 첫 만남 때 리이는 "성격도 무던해 보이고 마음 편하게 같이 돌아다닐 수 있을 것 같아서 딱 좋겠어."라고 말했었다.

마지막 순간까지 함께 있을 상대라면 시끄러운 사람보다 조용한 사람이 무난하겠지. 내가 그 사람에 해당한다는 사실에 심경이 복잡해지지만 말이다.

"리이가 한 시끄러움 하니까 남자 친구라도 조용하지 않으면 성가셔서 답도 없을걸."

"내가 그렇게 시끄러워?!"

"지금도 내 귀가 따갑다. 토우야, 어떻게 생각해?"

미호는 나에게 동의를 구했다.

"부정은 안 할게."

내 대답에 리이의 뺨이 뾰로통해졌다. 유이는 가만히 나를 바라봤다. 그러고는 고개를 갸우뚱하면서 입을 열었다.

"토우야 보면서 계속 누구 닮았다고 생각했는데 혹시 스노보드 선수 닮았다는 소리 안 들어? 이름은 까먹었는데."

순간 심장이 벌렁거렸다. 작년에 올림픽에서 동메달을 목에 걸었을 때 분량은 적었지만 중계방송에서 나를 다루기도 했다.

다만 같은 경기에서 금메달을 딴 일본인 선수가 있었다. 게다가 그 선수는 올림픽 대회에서 3년 연속 메달리스트였고, 더블콕 1400°이라는 기술을 연속으로 성공하면 실력자로 평가받는 하프파이프 세계에서 트리플콕을 깔끔하게 성공한 레전드이기도 했다.

당연히 언론은 그 레전드 선수를 앞다투어 보도하기에 바빴고 나는 덤 취급을 받았다. 그래서 내 얼굴과 이름을 모두 아는 사람은 원래부터 스포츠에 관심이 있거나 스노보드를 좋아하는 사람들뿐이었다.

리이도 나를 전혀 알지 못했기 때문에 으레 리이의 친구들도 나를 알 리가 없다고 생각했다. 그래서 유이의 말을 듣고 솔직히 동요했다.

"이름이 뭐였더라. 기억이 안 나. 분명히 동메달인가, 은메달인가 땄던 사람이야."

끄응… 하고 앓는 소리와 함께 유이는 허공을 바라보며

---

* 공중에서 앞으로 두 바퀴를 돌면서 몸을 네 바퀴 비트는 기술

생각에 잠겼다.

"한두 번 들었던 것 같기도 하고. 별로 닮은지 모르겠더라."

얼버무릴 작정으로 적당히 둘러댔다. 인터넷에서 검색이라도 하면 큰일이니 심드렁한 척했다.

"진짜? 누구? 토우야는 이름 기억 안 나?!"

궁금한지 리이가 물었다.

"나도 까먹었어."

그렇게 대답하고 우롱차를 한 모금 마셨다. 최대한 자연스럽게 관심 없다는 듯 굴었다.

"아무튼, 그보다 있잖아."

작전이 먹혔는지 유이가 다른 화제를 꺼냈다. 마음속에서 안도의 한숨을 내쉬었다.

그 후에도 세 사람은 시시콜콜한 이야기를 하며 열을 올렸다. 나는 하던 대로 누군가 말을 걸면 적당히 맞장구를 치거나 짧게 대답할 뿐이었다.

모임이 끝을 향해 달려갈 무렵, 미호가 우리 둘을 보고 사뭇 진지하게 말했다.

"수다쟁이 리이와 그런 리이를 지켜보는 토우야. 두 사람 진짜 잘 통하는 것 같단 말이지."

무슨 생각을 했는지 난데없이 그런 칭찬을 던졌다. 지켜볼 생각 따위 추호도 없던 나는 당황스러웠다.

"그러니까! 맨날 리이 혼자서 뻘뻘 돌아다녔는데 좋은 사람이 나타나서 다행이야."

미호의 말에 유이가 맞장구쳤다. 속이는 것 같아서… 아니, 실제로 속이는 게 맞았기에 마음이 콕콕 쑤셨다.

대답이 바로 튀어나오지 않아 머뭇거리는데, 웬걸 리이가 먼저 나에게 달라붙었다.

"보시는 대로 요즘 꽁냥꽁냥 하느라 바빠."

친구들이 칭찬해서 어깨가 잔뜩 올라간 걸까. 여자 친구처럼 행동해서 쐐기를 박고 싶은 걸지도 모른다.

그렇게까지 할 필요가 있나? 약간 기가 찼다. 그 순간, 옆에 앉은 리이에게서 플로럴한 향이 은은하게 풍겼다. 샴푸나 트리트먼트 향일까. 여성스러운 향기가 코 안을 간질이자 여자아이가 바싹 달라붙어 있다는 현실이 실감 났다.

그러자 리이를 살짝 골려주고 싶어졌다. 내가 남자 친구처럼 행동하면 리이는 어떻게 반응할까.

"시간이 아까울 정도지."

낮게 속삭이며 나는 리이를 끌어안았다. 리이의 입에서 "어어…." 하고 당황한 목소리가 나만 들릴 정도로 작게 새어 나왔다.

지금까지 리이에게 휘둘리기에 바빴는데 처음으로 리이

를 손바닥 위에 올려놓은 기분이 들었다. 뿌듯한 감정에 지배됐다. 내 품에 갇혀 우물쭈물하는 리이가 귀여웠다.

하지만 리이는 이내 어떤 상황인지 파악한 듯 친구들을 향해 활짝 웃어 보였다. 미호와 유이가 연기를 하듯 과장되게 얼굴을 찌푸렸다.

"대놓고 연애질을 하시겠다?"

"꿀 떨어진다, 꿀 떨어져. 너무 달달해서 보기만 해도 머리 아파."

농담 섞인 말투로 그런 이야기를 했다. 리이는 그 말을 듣고 깔깔 웃었다.

세상에서 제일 즐거운 듯이 웃는 세 사람. 그러나 만약 여기에서 진실을, 리이가 시한부 인생을 살고 있다는 사실을 알게 된다면 이 시간은 순식간에 사라질 것이다.

가족에게도 친구에게도 여명백식에 걸렸다고 고백하길 원치 않는 리이의 마음을 나는 이때에 이르러서야 비로소 조금이나마 이해할 수 있었다.

닭꼬치 구이 가게를 나와 두 사람과 헤어진 우리는 묵고 있는 비즈니스호텔로 발걸음을 옮겼다. 호텔은 가게가 있는 번화가로부터 떨어진 뒷골목에 접해 있어서 점점 인적이 뜸해지고 가게의 불빛도 희미해졌다.

리이의 입에서 뽀얀 입김이 새어 나왔다.

"오늘은 별이 꽤 잘 보이네."

리이가 하늘을 올려다보며 말했다. 구름 한 점 없는 청명한 날씨 덕분인지 도회지치고는 또렷이 별이 보이는 밤하늘이었다.

"유성…은 안 보이려나."

여전히 하늘에 시선을 고정한 채 리이가 나지막이 속삭였다.

"안 보일걸. 유성우라도 쏟아지는 날이라면 모를까."

유성에 일말의 흥미도 없던 나는 그렇게 대답했다. 말하고 나서야 말꼬리가 쌀쌀맞았던 것 같아서 조금 반성했다.

그러나 리이는 개의치 않는 듯 하늘을 바라보며 살포시 미소 지었다.

"몇 년 전 겨울에 가족끼리 쌍둥이자리 유성군을 봤어. 정말 황홀하더라. 그날 이후로 유성우가 내린다고 하면 일단 보려고 노력은 하는데, 요즘에는 비 오거나 흐린 날이 잦아서 하나도 안 보이더라고."

"아쉽네."

"응. 쌍둥이자리 유성군은 10년에 한 번꼴로 극대기가 찾아온대. 예년과 비교가 안 될 정도로 별이 무수히 쏟아진다나. 그게 올해인 모양인데 나는 못 봐. 예정대로라면 쌍둥이자리 유성군이 피크인 날 점심이 내 마지막 점심 식사거든. 아마 난 그때 죽을 테니까."

"…그렇구나."

할 수 있는 말은 그뿐이었다. 준비되지 않은 상태에서 리이가 대답하기 곤란한 이야기를 꺼내는 것은 정말로 괴로웠다.

하지만 그때마다 생각을 고쳤다. 앞으로 몇십 년은 거뜬히 살 수 있는 주제에 배부른 소리 하지 마.

영양가 없는 내 대답을 듣고 아무런 내색을 하지 않는 리이의 모습이 위안이 되었다. 리이는 미소를 띤 채 여전히 밤하늘을 바라보고 있었다.

그 옆모습이 여느 때보다 덧없게 느껴졌다. 하지만 나는 리이에게서 눈을 돌리고 잘못 보았다며 자신을 수없이 타일렀다.

앞으로 마흔두 끼

리이의 친구들과 만난 지 일주일 남짓이 흘렀다. 평소처럼 리이를 조수석에 태운 채 보소반도를 향해 차를 몰았다.

"오늘하고 내일은 호텔타이요에서 1박 2일 지낼 거야! '호텔 타이~ 요~' 하는 광고 본 적 있지?"

오늘 아침에 리이가 느닷없이 선언한 뒤였다. 리이는 언제나 예고 없이 당일에 행선지를 알렸다.

하프파이프에서 보드를 탈 수 없게 된 이래로 매일 방황하던 나에게 즉흥 여행은 성미에 맞았기에 딱히 문제가 되지는 않았다. 하지만 어디서 묵을지까지 정하는 패턴은 처음이라 의아했다.

목적지를 알린 후 호텔에서 하루 종일 놀 수 있으니 얼른 가자며 리이가 재촉했기 때문에 나는 일단 차에 시동을 걸었다.

"호텔타이요는 갑자기 왜?"

운전하며 묻자 리이가 으스대며 대답했다.

"거기 수영장이 엄청 넓어서 놀기 좋아. 지바 특산물이 잔뜩 나오는 뷔페도 있고. 한마디로 꿈 같은 장소거든. 이번 여행 일정으로 꼭 넣고 싶었어."

듣자 하니 전에 가본 적이 있는 모양이다. 가족과 함께 갔을까. 수영장에서 한바탕 논 다음이라 뷔페 음식이 더욱 맛있게 느껴졌겠지. 안 봐도 뻔했다.

"나 수영복 없는데."

수영장도 해수욕장도 가장 최근에 간 게 언제인지 기억 조차 가물가물하다. 이럴 때마다 정말 스노보드 외길 인생 을 걸었다는 걸 새삼스레 깨닫는다.

리이와 함께 다니면서 운동선수가 아닌 일반인의 삶과 일상 속 즐거움을 의도치 않게 누리고 있었다. 하지만 의외 로 이런저런 경험이 즐거웠다.

"맞다. 그런데 아마 렌탈용이 있을 테니까 걱정하지 마."

"그래?"

그 말은 자기는 수영복을 챙겼다는 소리다. 호텔타이요 에 가기로 이미 정해두었다고 하니 미리 준비했을 터이다.

"아참, 내 방은 예약했는데 토우야 방은 못 했어. 미안해. 토우야 만나기 전에 예약했거든…. 방이 있어야 할 텐데."

"평일이니까 하나쯤 남아있지 않을까?"

호텔에 도착해서 빈방이 있는지 프런트에 물어보니 애당초 리이가 묵을 예정인 방이 트윈룸이었던지라 호텔 직원이 생글생글 웃으며 물었다.

"무로사키 님, 사키무라 님. 두 분 같은 객실로 배정해 드리면 괜찮을까요?"

호텔타이요는 주 고객층이 가족과 커플인 레저 호텔이기에 1인 손님은 드문 듯했다. 우리도 연인이라고 생각한 모양이다.

"아, 죄송합니다. 각방으로 부탁드려요. 빈방이 있나요?"

나는 당황하며 직원에게 요청했다. 웬일로 리이가 입을 다물고 있었다. 평소 같았으면 나보다 먼저 말을 꺼냈을 텐데 말이다.

"이용 가능한 객실은 있습니다만, 한 분씩 트윈룸을 사용하시게 되어 비용이 상당히 높아집니다."

"그래도 괜찮아요. …리이 괜찮지?"

우리는 기본적으로 항상 더치페이했다.

여명백식에 걸린 리이는 의료 기관이 진행하는 임상 실험을 위해 자신의 데이터를 제공하는 조건으로 정기적으로 보조금을 받는다고 했다.

여명백식이 발병 사례가 적은 희귀병이어서인지 액수가 꽤 상당한 모양이었다. 적어도 눈감을 때까지 돈 걱정을 하지 않고 쓸 정도는 되는 듯했다.

"내 생각보다 훨씬 많이 받아서 놀랐다니까. 마지막이니 왕창 쓰면서 남은 시간 마음껏 즐기라고 보너스처럼 얹어주나?"라고 리이가 웃으면서 설명했었다.

나 또한 대회에 출전하여 수령한 상금과 스폰서에게 받은 계약금 덕분에 주머니는 넉넉했다. 리이는 "백수라면서 돈이 왜 그렇게 많아? 설마 도련님?!" 하고 수상쩍어했지만 적당히 얼버무렸다.

"응, 난 괜찮아."

"알겠습니다. 그러면 고객님 한 분당 객실 하나씩 배정해 드리도록 하겠습니다."

직원이 영업 스마일을 유지한 채 인사했다. 이성끼리 호텔에 놀러 왔으면서 각방을 쓰는 모습을 보고 분명히 이상하게 생각했을 텐데 역시 프로다.

각자의 방 열쇠를 넘겨받은 우리는 짐을 두고 일단 수영장에서 만나기로 했다. 안내 데스크에서 심플한 렌탈용 수영복을 빌리고 탈의실에서 갈아입은 후 서둘러 실내 수영장으로 발걸음을 옮겼다.

비치볼을 갖고 노는 커플과 튜브에 몸을 맡긴 채 둥둥 떠 있는 아이들이 보였다. 실내에는 워터 슬라이드도 있었는데, 차례를 기다리는 대기 줄이 늘어서 있었다.

실내 수영장치고는 넓고 확 트여서 개방감이 느껴졌다. 주위를 둘러봤지만 리이의 모습은 보이지 않았다. 리이가 발견하기 쉽게끔 입구 옆에서 기다리기로 했다.

그런 내 옆을 대학생처럼 보이는 한 무리의 여자아이들이 즐거운 듯 왁자지껄하며 지나갔다. 모두 비키니 차림으로 살결을 훤히 드러내고 있었다.

리이도 저런 모습이겠지. 순진하게 오랜만에 수영한다고만 생각했다. 수영장이라는 장소에서 또래 여자아이들이 어떤 차림으로 등장하는지를 문득 깨닫고 주책맞게 두근거리기 시작했다.

"토우야, 많이 기다렸어?"

등 뒤에서 평소처럼 해맑은 목소리가 들렸다. 깜짝 놀라 뒤를 돌아본 내 눈에 예고 없이 리이의 모습이 들어왔다.

"…별로 안 기다렸어."

쿵쾅대는 심장을 들키지 않도록 무심하게 대답했다.

리이는 내 상상을 완전히 비껴간 차림을 하고 있었다. 조금 전 스쳐 지나간 여자들처럼 노출이 심한 수영복과도 정반대였다. 심플한 디자인의 대회용 군청색 원피스 수영복으로 상체와 하체 부분 모두 빈틈없이 막혀 있다.

다만 로컷에 몸을 착 감싸는 원단이 리이의 보디라인을 인정사정없이 자랑했다. 레그 라인까지 드러난 허벅지는 정신줄을 잡지 않으면 입이 무심코 벌어질 정도로 새하얗고 보드라워 보였다.

하의에 프릴이 달린 비키니와 비교가 되지 않을 정도로 내 심장을 세게 치고 갔다. 무척 건강미 넘치는 몸매였다. 곧 죽는 거 맞아? 사고가 또 그쪽으로 흘렀다.

"왜 그래? 말 좀 해 봐. 저기요, 들리세요? 잠깐만, 토우야 지금 완전 놀란 것 같은데?"

가만히 수영복 차림의 리이를 바라보던 나는 리이의 말을 듣고 정신을 차렸다.

"…아니거든."

"혹시 실망했어? 다들 예쁜 수영복 입고 있긴 하네. 대회용이라 미안한걸. 고등학생 때까지 수영부로 활동해서 이거밖에 없거든."

"아냐. 이건 또 이 나름대로 좋아. 오히려 최고야."

사과하는 리이에게 솔직하게 감상평을 말했다. 그도 그럴 게 리이는 여기에 있는 그 누구보다 스타일리시했고 매력적이었다. 스쳐 지나가는 커플 중 남자가 힐끔 리이를 곁눈질했다.

리이는 눈을 크게 뜨고 놀란 표정을 짓더니 손뼉까지 치며 웃음을 터트렸다.

"풋핫! 얘가 뭐래. 토우야 너무 솔직한 거 아냐?"

"실망 안 했다는 걸 어필하고 싶어서."

내 말에 리이는 어딘가 난처하다는 표정을 지었다.

"…처음 봤을 땐 돌부처 같은 사람인 줄 알았는데, 토우야도 평범한 남자구나."

"무슨 뜻이야…?"

도 닦고 있을 생각 따위 없었고 '평범한 남자'라는 말도 정확히 이해 가지 않아 물었다.

"으응. 아무것도 아냐."

리이가 평소처럼 사글사글 웃길래 더 이상 물어보지 못했다. 그러자 이번에는 리이가 나를 머리끝부터 발끝까지 훑어보고는 얼굴을 찌푸렸다.

"토우야는 몸이 왜 이렇게 좋아? 마른 근육은 반칙이지."

리이의 표정과 목소리도 왜인지 묘하게 가시 돋친 듯했지만, 일단 칭찬으로 받아들였다.

"아…. 그래?"

애매하게 대답했다. 스노보드와 거리를 둘지언정 근력 트레이닝과 스트레칭을 하루라도 빼 먹으면 좀이 쑤시는 통에 쓸데없이 몸에 각이 잡혀 있었다.

"보면 은근히 흐트러짐이 없단 말이야. 진짜 백수 맞아?"

내 행동이 리이가 생각하는 백수 이미지와 거리가 멀어 의심스러운 모양이다. 추리하는 대로 완전히 백수가 아닌 건 정답이다. 하지만 여기서는 거짓말로 넘어가는 수밖에 없다.

"또 뼈 때리네."

"하긴. 백수가 아니면 이렇게 매일 같이 다닐 수가 없긴 해. 근육이 울겠어. 아, 오히려 할 일이 없어서 그 시간 내내 운동하는 건가?"

"건수 잡아서 신났지?"

토라진 티를 내며 대답하자 리이가 재밌다는 듯이 깔깔거렸다. 이런 식으로 리이와 주고받는 티키타카를 나도 최근 들어 즐기게 되었다.

함께 웃으며 유쾌하게 떠드는 동안만큼은 주위에 있는 행복한 연인이나 친구와 동등해진 기분이었다.

리이가 챙겨 온 수박 무늬 비치볼을 가지고 공놀이를 하다가 워터 슬라이드를 타러 갔다. 내가 먼저 슬라이드를 타고 내려온 뒤 리이가 내려오기를 기다렸다. 엄청난 기세로 내려와 머리까지 물속으로 풍덩 빠지는 리이의 모습이 너무나 웃겨서 포복절도하고 말았다.

"너무 웃는 거 아냐?!"

리이가 발끈했지만 떨어실 때의 충격으로 묶었던 머리가 마구 헝클어진 모습이 또 혼자 보기가 아까워 나는 더 크게 박장대소했다. 결국 한 대 맞는 걸로 끝났다.

장난을 치다가 넓은 풀로 돌아왔는데 리이가 한 가지 제안을 했다.

"수영부 출신이라 수영 하나는 자신 있거든. 대결해 볼래?"

"좋아."

"앗싸! 그럼 여기서부터 저기 벽까지."

리이는 자신만만하게 미소 짓고 있었다. 자기 입으로 말한 만큼 수영이 특기일 것이다.

하지만 이렇게 말하는 나 역시 백수의 가면을 쓴 올림피언. 수영은 오랜만이지만 스포츠라면 어떠한 종목이어도 웬만큼 해내는 신체 능력을 갖추고 있다. 실제로 학교에 다닐 때 달리기도 수영도 내 라이벌은 유키토 뿐이었으며, 유키토 외에는 다른 누구에게도 뒤처진 적이 없었다.

"좋아. 자, 준비. 시이작!"

리이의 구호와 함께 물살을 갈랐다. 대상이 뭐가 되든 경쟁이 되면 승부욕에 불타고 만다. 거스를 수 없는 내 본성이다.

힘차게 앞으로 나아가면서 옆에 따라붙는 리이 쪽을 힐 끔 봤다. 리이의 헤엄은 우아하면서 군더더기가 없었다. 내 스피드와 근접하게 바싹 뒤쫓아 오는 모습도 몹시 놀라웠 다. 여자라는 점을 고려한다면 수영부에 있었을 때는 자신 만만하게 말한 대로 대회 상위권까지 진출하지 않았을까.

근소한 차이로 내가 승리했다. …조금 봐줄 걸 그랬나. 끝나고 나서야 후회했다. 매번 승부를 겨룰 때마다 가벼운 내기일지라도 필요 이상으로 몰입하고 마는 게 문제다.

"내가… 내가 졌다고? 하, 말도 안 돼!"

리이가 경악하며 만화에 등장하는 악당 같은 대사를 연 기조로 뱉었다. 패기에 차 도전장을 던진 승부의 결과가 어 찌 됐든 웃어넘기는 리이를 보니 유쾌하고 즐거웠다.

"아슬아슬했어."

나도 능청맞게 대꾸했다. 리이는 부러 분해 죽겠다는 표 정을 짓고 "캬악!" 소리친 뒤 웃었다.

수영장에서 리이와 헤어진 뒤 우리는 각자 대중탕에서 몸을 풀기로 했다. 최근에는 호텔의 조립식 욕실에서 몸을 담그는 데 만족해야 했기에 크고 넓은 온천은 정말이지 천 국이었다. 뼛속까지 온기가 스며들어 마음이 치유되는 기 분이 들었다. 프런트에서 받은 유카타로 갈아입고 리이와 만나기로 한 뷔페 레스토랑으로 향했다.

잠시 후 리이가 하품하며 등장했다. 리이도 나와 같은 유카타 차림이었는데 왜인지 선체적으로 더무니없이 무방비했다. 막 물기를 가시게 한 머리는 위로 높게 묶어 목덜미와 귀 주변으로 귀밑머리가 살짝 내려와 있었다.

리이가 걸친 분홍색 파도 무늬 유카타는 여자들이 축제에서 즐겨 입는 화려한 디자인과 거리가 멀었다. 호텔 내부에서 입는 잠옷 겸용 실내복이니 당연했다.

하지만 오히려 밋밋한 유카타가 리이의 모든 면을 돋보이게 했다. 수영장에서 리이의 수영복 차림을 봤을 때보다 심장 소리가 더 요란해졌다.

"수영하고 목욕하면 잠이 솔솔 온다니까."

내 심정을 아는지 모르는지 리이는 졸음이 잔뜩 묻은 눈을 비비면서 말했다.

"그건 그래."

"그렇지만 배도 출출하고! 좋아, 먹어 보자."

내 팔을 끌고 뷔페 레스토랑으로 들어가는 리이에게서 풍기는 상쾌한 비누 향이 코안을 자극했다. 지금처럼 리이가 나에게 허물없이 달라붙는 건 처음이었다. 점점 거리가 가까워지는 건 내게 마음을 허락했기 때문일까.

그러나 식사를 시작하자마자 묘한 기류는 싹 사라지고 리이는 평소처럼 전투적으로 음식을 입에 넣기 시작했다.

"여기서는 게를 무제한으로 먹을 수 있어. 비싸서 웬만하면 못 먹는 게 말이야!"

흥분해서 말을 와다다 쏟아낸 리이가 메뉴가 죽 늘어선 바로 향한 뒤 접시에 게 다리를 산더미만큼 쌓아서 돌아왔다. 그러고는 오로지 게 다리를 후벼 파 속실을 먹는 데 몰두하며 "흐음, 최고야!" 하고 더는 바랄 게 없다는 표정을 지었다.

게가 무제한으로 제공된다는 점은 대단히 호사스러웠지만 게는 먹기 귀찮다는 단점이 있다. 수영장에서 이미 방전되었던 탓에 리이처럼 게의 구석구석까지 공략할 의욕이 나지 않았다.

적당히 게를 맛본 뒤 나는 로스트비프와 초밥, 스테이크, 중화요리 등 다양한 메뉴를 즐겼다. 제공되는 음식 전부 퀄리티가 높아서 굉장히 만족스러웠다.

리이도 수북이 가져온 게를 해치운 뒤에는 나처럼 여러 가지 메뉴에 도전했다. 배가 부르다더니 케이크와 과일을 그릇에 양껏 담아왔을 때는 역시나 기대를 저버리지 않는 모습에 헛웃음 섞인 감탄사가 나왔다.

우리는 후회 없이 뷔페를 만끽한 뒤 레스토랑을 나섰다.

"아아, 배불러."

리이가 무척 흡족해하며 기지개를 켜는 듯 양손을 머리

위로 쭉 뻗었다.

"조금 과식한 것 같아."

"아무리 먹어도 멀쩡하던 그 토우야가?!"

"다 맛있어서 조절이 안 되더라고."

"그렇긴 했어. 특산물이라 그런지 생선이랑 조개가 특히 맛있더라."

이런저런 대화를 하는 사이에 어느새 내 방 앞에 도착했다. 리이의 방은 내 옆방이었다.

"그럼 토우야 잘…."

리이의 말이 도중에 끊기며, 옆을 걸어가던 리이가 갑자기 비틀거리며 내 쪽으로 휘청였다. 나는 당황하여 리이의 팔을 잡고 리이를 지탱했다. 리이의 몸이 나에게 힘없이 기댄 모양새가 되었다.

"…괜찮아? 속 안 좋아?"

나는 담담하게 물었다. 리이의 몸이 나에게 닿아 있다는 걸 의식하지 않으려고 애썼다.

"으응, 괜찮아. 수영장에서 오래 놀아서 다리에 힘이 풀렸나 봐."

살짝 지친 얼굴로 리이가 미소 지었다. 사실인 듯했다. 리이는 잠시 맥없이 나에게 기댔다. 유카타의 옷깃 사이로 말간 가슴 언저리가 엿보였다. 꼭 붙든 팔은 천 너머로도 느껴질 만큼 몰캉했지만 놀라울 정도로 가녀리고 연약했다.

올려다보는 자세로 리이가 나를 쳐다봤다. 자연스레 눈을 위로 올려 뜬 리이의 눈동자에 물기가 어려 보였다. 마치 밤하늘에 반짝이는 별 같았다.

나는 그대로 리이를 바라볼 수밖에 없었다. 짧은 시간 동안 나도 리이도 아무 말 없이 시선을 겹칠 뿐이었다.

'지금 뭘 기대하는 거야?'

어리석은 생각을 했다. 만약 나에게 기댄 이 사람이 단순히 호감을 품고 함께 호텔타이요에 놀러 온 여자아이라면 나는 이대로 리이의 손을 끌고 내 방으로 들어갈 것이다.

하지만 우리는 아니다. 그런 관계가 아니다. …리이는 조금 있으면 세상을 떠난다.

나는 리이의 눈빛에 저항하듯 고개를 돌리고 리이를 일으켜 세운 뒤 거리를 두었다. 리이의 향기와 온기가 멀어지자 일말의 섭섭함을 느꼈다. 그리고 리이를 향해 돌아서서 아무것도 모르겠다는 듯이 무표정을 장착하고 말했다.

"리이, 잘 자."

잠시 침묵이 흘렀다. 이내 리이가 입매를 끌어올려 대답했다.

"응. 토우야도 잘 자."

리이는 나를 등지고 자기 방으로 향했다. 이내 리이의

방문이 쾅당 소리를 내며 닫혔다. 복도에 울려 퍼진 소리의
여음이 사라진 후에야 나는 내 방으로 들어갔다.

　나에게서 몸이 떨어질 때 리이의 얼굴에 서운함이 스쳐
보였던 건 내 착각이다. 내 바람이다.

　필사적으로 그렇게 되새기며 아무렇게나 침대에 누웠
다. 하지만 좀처럼 잠에 들 수 없었다.

앞으로 마흔 끼

이튿날, 조식 뷔페로 배를 채우고 호텔타이요를 체크아웃한 후 우리가 향한 곳은 네리마타카노다이였다. 맞다. 오늘은 리이가 병원에 가는 날이다.

　리이와 만나고 세 번째로 맞이하는 검진이었다. 참고로 수명이 얼마 남지 않게 되면 병원에 가는 빈도가 더욱 잦아진다고 했다.

　첫 번째 그리고 두 번째 진찰 때와 같은 루틴으로 검사를 진행한 뒤, 리이는 주치의인 미치시게 선생님과 싱글거리며 이야기를 나눴다.

　처음 병원을 방문했을 때와 달리 나는 리이가 여명백식 환자라는 사실을 깨끗이 받아들였다. 아무래도 그때만 한 충격은 받지 않았지만 "이제 마흔 끼 남았네." 하고 미치시게 선생님이 남은 수명을 알려주는 광경을 보자 암담한 기분이 드는 일은 막을 수 없었다.

어제만 해도 수영장에서 기진맥진할 정도로 놀고 배가 터질 만큼 맛있는 음식을 잔뜩 먹었다. …밤에는 살짝 야릇한 분위기가 감돌기도 했다.

죽음 따위 제삼자의 이야기라고 믿는 보통의 남녀 같은 하루를 보내고 나서인지 우울함은 더욱 커졌다.

"앞으로 마흔 끼구나…. 얼마 안 남았으니까 한 끼 한 끼 소중하게 먹어야겠네요."

정말이지 가벼운 말투였다. 말하는 내용과 목소리가 완전히 동떨어져 있었다.

지치지도 않냐? 당사자도 아니면서 너는 왜 또 땅을 파고 들어가는데? 또다시 스스로를 나무랐다.

"이미 충분히 맛있게 먹고 있는 거 아니었어? 얼마나 더 진심으로 먹을 생각이야."

나는 피식 웃으며 태클을 걸었다. 리이의 무드에 맞추어 절망을 보고도 못 본 척했다.

"흐음, 틀린 말은 아닌데…. 그럼 기합을 넣을래. 조금 더 맛있게 먹자! 어때?"

"그게 뭐야."

못 말린다는 표정으로 대꾸하자 리이가 나를 보며 "후

훗." 하고 웃었다. 나도 긴장된 입매에서 힘을 풀었다.

미치시게 선생님이 호기심 어린 눈빛으로 우리를 바라보았다.

"두 사람 전보다 많이 친해진 것 같은데? 혹시 잘되고 있는 거야?"

놀리는 말투였다. 리이는 미소를 띤 채 아무 말도 하지 않았다.

미치시게 선생님이 "말도 안 돼."라고 말하는 듯한 표정을 지었다. 하지 말아야 할 말을 무심코 해 버렸다고 깊게 후회하는 것 같았다.

미치시게 선생님의 심정이 이해가 갔다. 무사태평한 리이의 얼굴을 보면 나 또한 리이가 처한 상황을 까맣게 잊고는 했다. 죽음의 냄새라고는 전혀 풍기지 않는 리이는 환자의 죽음을 수없이 경험한 의사조차 당황하게 만드는 것일까.

"선생님도 농담이 지나치다니까. 그런 거 아니에요."

리이가 웃는 얼굴을 유지하며 태연하게 대답했다. "이제 곧 죽을 텐데 그럴 리 없잖아요."라는 생략된 다음 대사가 머릿속에서 허락 없이 재생됐다.

미치시게 선생님이 마음을 가다듬는 듯 큼큼 기침을 하고 미묘한 표정으로 리이에게 말했다.

"아마 곧 발작이 나타날 거야. 상당히 격할지도 몰라."

인터넷에서 찾아봤기 때문에 발작에 관해서는 이미 알고 있었다. 여명백식에 걸리면 진행 후기에 환자는 극심한 발작을 겪는다. 이 단계에서는 사망으로 이어지지 않으며 증상 역시 단시간에 사라진다.

하지만 너무나 고통스러워 몸부림치는 사람도 많으며 그때까지 거의 아무런 증상 없이 일상생활을 유지한 만큼 발작이 발생하는 시점에 이르러서야 자신이 죽는다는 사실을 자각하는 환자도 적지 않다고 했다.

"켁, 그랬었지. 벌써 싫다."

잔뜩 구겨진 리이의 얼굴에 진심이 묻어났다. 하지만 어디까지나 내일 시험 보기 싫다고 떼쓰는 정도의 투정처럼 들렸다.

"통증은 몇 분 내로 가라앉을 거야. 만약 10분 넘게 계속되면 구급차를 부르도록 해."

"그렇구나. 그럼 아마 참을 수 있을 거예요."

참아봤자 가까운 시일 내에 죽을 텐데. 태연한 리이의 이야기를 듣고 있으니 내 감각도 이상해지는 것 같았다.

진료가 끝나고 리이가 먼저 진찰실을 나갔다. 나도 리이의 뒤를 따르려고 하는데, "토우야." 하고 나를 부르는 미치시게 선생님의 목소리에 발을 멈추고 뒤를 돌아보았다.

"네."

"발작이 나타나면 힘들겠지만 최대한 당황하지 말고 곁에 있어 줘. 조금만 견디라고 북돋아 주면서 되도록 침착할 수 있게끔 도와줬으면 좋겠어."

미치시게 선생님은 진지한 눈빛으로 나를 응시하며 또박또박 말했다. 분명 리이의 주치의인 이 사람은 리이가 죽기 직전까지 씩씩하게 지내기를 바랄 것이다.

나 또한 마찬가지다. 원컨대 "아, 맛있었다. 잘 먹었습니다!" 하고 말하면서 리이가 영원한 잠에 들었으면 한다.

리이의 심정을 생각하면 염치없기 짝이 없는 소원이다. 하지만 리이가 절망 속에서 숨이 끊어지는 모습은, 나는 물론이거니와 이 사람도 보고 싶지 않을 것이다.

"네."

나는 결의를 담아 찬찬히 고개를 끄덕였다.

병원을 나온 우리는 차를 타고 이케부쿠로에 가기로 했다. 리이가 점심으로 먹고 싶은 라면 가게가 이케부쿠로의 동쪽 출구에 있다고 했다.

네리마타카노다이에서 이케부쿠로에 가려면 차보다 세이부이케부쿠로선을 타고 가는 게 편하다. 하지만 리이는 저녁 식사도 이케부쿠로에 있는 가게에서 먹고 싶어 했기 때문에 이케부쿠로에 위치한 호텔에 묵기로 했다. 이런저런 상황을 고려하니 차로 이동하는 게 이후 동선을 정리하는 데도 편할 것 같았다.

차에 올라타자마자 리이는 좌석 아래와 대시보드를 들여다보았다. 그러고 보니 오늘 아침에도 비슷한 행동을 했다. 서둘러 병원에 가야 했기 때문에 자세히 물어보지는 못했지만.

"뭐 찾아?"

내가 묻자 리이는 화들짝 놀랐다.

"아… 아무것도 아니야."

말은 그렇게 하면서 이번에는 운전석 발아래를 샅샅이 뜯어보고 있었다.

아무것도 아니긴.

"무슨 일인데. 나도 같이 찾을게."

"…아냐. 괜찮아."

"이대로는 신경 쓰여서 라면이 코로 들어가는지 입으로 들어가는지도 모를걸."

내가 눈을 가늘게 뜨고 말하자 리이가 단념한 듯이 한숨을 내쉬었다. '맛있게 먹자'를 좌우명으로 삼은 리이라면 이런 식으로 말해야 솔직하게 고백할 것 같았다.

"어젯밤부터 매일 끼던 피어스 하나가 안 보여."

리이는 오른쪽 귀에 두 개, 왼쪽 귀에 한 개 귀를 뚫었다. 양쪽 귀에 한 쌍의 주얼리 피어스를 끼고 남은 구멍에는 골드 후프 피어스를 끼고 있던 기억이 났다. 그 말을 듣고 리이의 귀를 보니 후프 피어스가 보이지 않았다.

"호텔타이요 방에는 없었어?"

"구석구석 찾아봤는데 없더라고. 수영장에서 떨어뜨렸나. 아, 그건 최악인데."

리이가 어깨를 축 늘어뜨렸다. 지금까지 본 리이의 모습 중 가장 풀이 죽은 모습이었다. 여명백식에 걸렸다고 이야기할 때와 비교도 안 될 만큼.

"중요한 피어스야?"

"그렇다면 그렇지. 첫 월급 탄 기념으로 샀거든. 그렇게 비싸진 않지만."

맙소사. 일생에 딱 한 번뿐인 추억이 담긴 피어스라면, 충격이 큰 게 당연하다.

"아…. 그럼 내가 피어스 새로 사서 선물할게. 이케부쿠로라면 브랜드 숍도 많을 거야."

머릿속에 떠오르는 대로 말을 뱉었다. 선물은 웬 선물. 나 자신도 어리둥절했다. 그렇지만 피어스가 없어졌다며 풀 죽은 리이에게 어떻게 해서든 새로운 피어스를 선물하고 싶은 충동에 휩싸였다.

"응? 토우야가 나한테? 왜?"

리이가 멍한 표정으로 물었다. 죽을 때까지 적당한 밥 친구로 어울릴 예정인 나에게 무언가를 선물 받을 이유는 없다고 생각하는 듯했다.

"왜?"라니. 되레 내가 묻고 싶다. 그래도 아무렴 어때.

"아아. 내가 주는 선물이래 봤자 첫 월급의 추억은 이길 수 없는 건가."

진지하게 말하기는 괜스레 멋쩍어서 맥 빠진 목소리로 장난스레 받아쳤다.

"아니, 아니야. 그런 거 아냐."

예상하지 못한 반응이었는지 리이가 안절부절못했다. 내 행동이 리이의 예상을 깨트릴 때마다 왜인지 은근히 흐뭇해졌다.

"그럼 문제없잖아."

"뭔가 미안해서…."

"내가 주고 싶어서 주는 거야. 그냥 받아줘."

살짝 강한 어조로 말하자 리이가 볼을 긁적였다.

"응… 알았어. 토우야, 고마워."

평소에 자주 짓는 함박웃음이 아니라 쑥스러운 듯 살며시 퍼지는 미소. 살짝 올라간 입꼬리를 보니 마음속 깊은 곳에서 뿌듯함이 솟구쳤다.

이케부쿠로에 도착한 우리는 역 근처에 있는 백화점에 입점한 브랜드 숍을 몇 군데 돌아다니며 피어스 구경 삼매경에 빠졌다.

리이는 잃어버린 피어스와 비슷한 골드 후프 피어스를 원했다. 몇몇 매장에서 후보를 추렸는데 티파니 피어스를 가장 마음에 들어 했다.

"착용해 보시겠어요?"

이걸로 할까 하며 리이가 쇼케이스를 들여다보자 점원이 물었다.

"아, 네. 부탁드립니다."

리이가 대답하자 점원이 쇼케이스 안에서 피어스를 꺼내어 소독한 후 건네주었다. 리이가 끼기 전에 나는 피어스를 집어 들었다.

"토우야? 왜 그래?"

"끼워줄게."

"뭐?"

"가만히 있어 봐."

리이가 당황했지만 나는 아랑곳하지 않고 피어스를 들고 리이에게 다가갔다. 그리고 리이의 말랑한 귓불을 문지르면서 반짝이는 피어스를 끼웠다. 내가 귀를 만지자 간지러웠는지 리이가 흠칫했다.

반응을 조금 더 보고 싶었다. 하지만 애써 감정을 억누르고 피어스를 끼운 후 리이에게서 멀어졌다.

"예쁘다. 잘 어울려."

매장에 있는 큰 거울로 피어스를 낀 자기 모습을 확인하는 리이와 거울 너머로 시선을 맞추며 솔직하게 감상을 말했다.

"진짜다! 완전 예뻐!"

리이가 신이 나서 큰 소리로 말하자 점원이 흐뭇하게 고개를 끄덕였다.

"정말 잘 어울리세요. 이 제품은 한 쌍이 세트로 나와서 커플분들이 함께 착용하시는 경우도 많아요. 남자 친구분은 어떠세요?"

점원은 우리를 연인으로 착각한 것 같았다. ⋯뭐, 둘이 같이 들어와서 꼼꼼히 따져가며 제품을 고른 데다가 내가 리이에게 피어스를 끼워주기까지 했으니 그렇게 생각하는 것도 당연하다.

"⋯감사합니다. 그런데 오늘은 제 것만 사러 와서요."

리이가 미소 지으며 조심스럽게 거절했다. 평소 같았으면 "에이, 저희 그런 사이 아니에요." 하고 받아쳤을 텐데. 왜 저렇게 겸연쩍다는 듯 굴지.

하지만 내가 직접 나서서 우리의 관계를 부정하고 싶지

않았다. 그냥 잘 모르겠지만 그럴 마음이 들지 않았다.

…귀찮았을 뿐이다. 깊은 의미는 없다.

계산을 마치고 매장을 나왔다. 리이의 귀에는 동그란 고리 모양의 골드 피어스가 반짝거리며 존재를 뽐내고 있었다.

"고마워. 소중히 간직할게."

생글생글 웃으며 고맙다고 하는 리이를 보자 저항 없이 입이 씰룩거렸다.

"응."

짧게 대답하며 고개를 끄덕였다. 조금 더 그럴싸한 대답을 들려주고 싶었지만, 적당한 말이 떠오르지 않았다.

그 후 우리는 원래의 목적이었던 라면 가게로 발걸음을 옮겼다. 미식가인 리이가 고른 가게답게 개미 떼처럼 줄이 길게 늘어서 있었다.

우리는 망설이지 않고 대기 줄 가장 뒤에 섰다. 세 군데 가게가 떨어진 곳에 지금 바로 들어갈 수 있을 것 같은 라면 가게가 보였다.

예전의 나라면 "그냥 저 가게 가면 안 돼?" 하고 제안했겠지만, 리이의 생태를 환히 꿰고 있는 지금의 나는 쓸데없는 말을 입에 담지 않았다. 리이는 욕망에 충실하게 맛있는 음식을 원했다. 맛있는 음식과 관련된 문제라면 양보는 명함도 못 내밀었다.

라면 맛이 어떻다느니 앞으로 몇 분 정도 있으면 들어갈 수 있을 것 같다느니 하며 리이와 잡담하는데, 바로 앞에 줄선 커플이 나누는 대화가 들렸다.

"오래 기다렸는데 아직 멀었나."

"조금 있으면 들어갈 거야."

기다리다가 지친 모양인지 여자가 남자에게 기댔다. 남자는 그런 여자를 지탱하면서 머리를 쓰다듬었다. 이후로도 두 사람은 서로 마주보기도 하고 끌어안기도 했다.

마치 이 세상에 두 사람밖에 존재하지 않는다고 여기는 듯한 애정 행각이었다. 이 기세라면 키스라도 하겠다 싶었는데 다행히 그 단계까지는 가지 않았다.

"뜨겁다, 뜨거워."

"그러게."

리이가 헛웃음을 흘리며 말하기에 나도 리이와 같은 표정으로 동의했다. 그때 햇빛에 비춰 리이의 오른쪽 귀가 반짝 빛났다.

내가 리이에게 선물한 골드 후프 피어스가 햇빛을 반사하고 있었다. 마음이 몽글몽글해진 것도 잠시, 곧바로 구름이 해를 가렸다. 빛이 사라진 피어스를 보자 왜인지 리이를 좀먹는 병이 머릿속에 떠올랐다.

그 순간 나는 그저 아무도 모르게 울고 싶어졌다.

앞으로 스물여덟 끼

리이에게 피어스를 선물하고 나서 며칠 후, 아침을 먹고 난 뒤 리이가 꺼낸 뜻밖의 이야기를 듣고 귀를 의심했다.

"지금부터 후쿠시마 아이즈코겐에 있는 난고 스키장으로 출발하겠습니다!"

"…뭐라고?"

나는 돌처럼 굳어버리고 말았다. 스키장이라니, 지금의 내가 가장 멀리하고 싶은 장소다.

"스노보드 타러 가서 겔렌데*밥… 겔밥을 먹고 싶어!"

내가 동요했는지 알 리가 없는 리이는 의기양양하게 선언했다.

● 　스키를 탈 수 있게 정비한 자연 경사지

백번 양보하여 스키장에서 스노보드를 타고 겔밥을 먹겠다는 계획만 보자면 상관없다. 왜 하필이면 아이즈코겐에 있는 난고 스키장이라는 장소를 콕 집었냐는 것이다. 그 스키장에는 공교롭게도 일본 굴지의 규모를 자랑하는 하프파이프가 설치되어 있다. 내가 연습하는 거점 중 한 곳이기도 하며 해마다 하프파이프 대회가 열리기도 장소다.

　　"이번 여행을 하면서 꼭 가겠다고 결정한 장소야."

　　"…갑자기 웬 스노보드? 그리고 후쿠시마는 멀잖아. 더 가까운 데도 있는데."

　　신바람이 나서 이야기하는 리이의 기분에 찬물을 끼얹지 않게끔 말을 고르면서 조심스럽게 의견을 냈다. 적어도 리이가 난고 스키장이 아닌 다른 곳으로 눈을 돌려주길 바랐다.

　　하지만 이어진 리이의 다음 멘트에 나는 항복할 수밖에 없었다.

　　"예전에 엄마랑 갔던 스키장이거든!"

　　"…그렇구나."

　　가족과 함께했던 추억이 담긴 장소라면 무슨 수를 써서라도 가야겠지. …이 기회를 놓친다면 리이는 이제 두 번 다시 그 땅에 발을 내디딜 수 없을 테니까 말이다.

　　다행히 어제 유키토의 인스타그램 계정에 올라온 사진

을 보니 유키토는 지금 야마가타에 있는 스키장에서 훈련하고 있는 듯했다. 그 녀석과 우연히 마주칠 가능성이 없다는 점은 다행이었다.

남은 건 단 하나, 하프파이프 근처에만 가지 않으면 된다. 계절 이벤트로 스노보드를 즐기는 리이 같은 타입이 그런 상급자용 시설에 갈 리는 없다.

도쿄에서 고속도로를 타고 약 네 시간 만에 스키장에 도착했다. 차에서 내리려던 리이가 무언가 떠올린 듯 말했다.

"먼저 옷이랑 보드를 빌려야겠다."

트렁크 안에 굴러다니는 프로 선수용 장비와 보드웨어의 존재를 떠올리고 마음이 복잡해졌다. 물론 곧바로 없는 물건이라고 치부했다.

차에서 내린 뒤 우리는 레스토랑과 매표소가 있는 스키장의 메인 시설인 스키하우스에서 보드웨어와 스노보드를 빌렸다.

하얀 스키복을 입고 니트 모자 위에 고글을 쓴 설산 버전의 리이는 매우 신선했다. 왜 이런 차림을 한 여자아이들은 평소보다 세 배는 더 귀엽게 보이는 걸까. 이게 바로 겔렌데 매직*이군.

리이와 함께 빌린 일반용 미디움 사이즈 렌탈 웨어도, 맞춤 제작이 아닌 초심자용 보드도 익숙하지 않아 기분이 묘했다. 실제로 그 보드를 타고 슬로프를 내려가 보니 영 느낌이 별로였다.

그래도 이따금 볼을 스치는 스키장 특유의 시린 눈바람이 반가웠다. 어웨이에서 홈으로 돌아온 듯한 착각이 일었다. 하지만 그것도 잠시, 지금 내가 처한 한심한 상황을 깨닫고 우울해졌다.

리이는 5년도 더 전에 고등학생 시절 엄마와 함께 왔던 이래로 이 스키장은 처음이라고 했다. 그렇지만 스노보드 자체는 대학생 때 친구들과 종종 타러 다녔던 덕분에 초심자 코스 정도는 무난하게 내려올 수 있는 실력을 갖추고 있었다.

한편 내 경우 원래대로 보드를 탄다면 의심받을 게 뻔했기 때문에 이래도 되나 싶을 정도로 최대한 서투른 척하며 리이의 주변에서 스노보드를 탔다.

"토우야, 스노보드 엄청 잘 타네?"

---

* 설원 특유의 분위기 덕분에 겔렌데에서 이성에게 호감을 더욱 강하게 느끼는 현상

초심자 코스를 내려와 다시 리프트를 타러 가는데 리이가 입술을 삐쭉이며 말했다.

어설프게 타기란 정말 어려웠다. 방심하면 속도를 냈고 몇 번인가 나도 모르게 평소처럼 턴을 하기도 했다.

보드를 타는 건 반년 만이었다. 마음을 어지럽히는 방해 요소를 생각할 필요 없이 오로지 재미로 슬로프를 미끄러져 내려온 덕분인지 어느새 나는 즐거움을 느끼고 있었다.

역시 내 몸은 스노보드와 동기화되어 있다. 하지만 그렇게 물 흐르듯 내 몸이 반응한 탓에 곤란해졌다. 리이가 알아차렸을까.

"수영도 엄청나게 빨랐잖아. 운동 신경 사기 아니야? 원래 뭘 해도 곧잘 하는 타입? 갑자기 열받네."

도대체 어느 포인트에서 열받은 거야. 아무튼 스노보드 초보 연기는 씨알도 안 먹혔지만 '스노보드를 특별히 잘 탄다기보다는 축복받은 운동 신경 덕분에 뭐든 평균 이상 하는 타입'이라고 판단한 듯했다.

"뭐, 남들 하는 만큼 하긴 하지."

"…크읏. 감히 평범한 사람의 노력을 비웃다니!"

내가 우쭐대자 리이는 뾰족하게 가시를 세우며 덤벼들었다. 그 바람에 리이가 균형을 잃고 자리에서 꽈당 넘어졌다. 머리에서부터 홀딱 눈을 뒤집어쓴 리이를 보자 웃음이

터졌다.

"우씨, 폼만 그럴싸하게 잡는 주제에 웃지 마!"

리이는 툴툴거리다가 똑같이 웃음을 터트렸다. 이런저런 장난을 치며 적당히 보드를 탄 후 우리는 늦은 점심을 먹기 위해 스키하우스로 돌아왔다.

레스토랑 한편에 커다란 텔레비전이 놓여 있었고, 화면에서는 작년에 열린 스키 월드컵 영상이 흘러나오고 있었다.

…스노보드가 아니라서 천만다행이었다.

카운터에서 주문하고 음식을 받아가도록 운영되는 레스토랑이었기 때문에 리이와 함께 줄을 서며 메뉴를 확인했다.

밥을 하프파이프 모양으로 높이 쌓아 올린 하프파이프 돈가스 카레라는 메뉴를 발견하고 나도 모르게 실소가 나왔다.

예전에는 이런 메뉴가 없었던 걸로 기억한다. 아마도 일본 국가대표가 최근에 개최된 올림픽에서 메달을 두 개나 획득한 수확에 힘입어 새롭게 추가된 모양이다.

"나는 스테이크 덮밥! 옛날에 먹었을 때도 맛있었거든."

하프파이프 돈가스 카레 따위 안중에도 없는 리이를 보고 안심하면서 나도 같은 메뉴를 골랐다. 사실 이 스테이크 덮밥은 여러 번 먹어 봤다. 양이 많은 덕분에 눈 위에서 구르며 칼로리를 소비한 몸에 안성맞춤인 메뉴였기 때문이다.

카운터에서 주문한 뒤 스테이크 덮밥을 받아 빈자리에 앉기가 무섭게 우리는 덮밥을 입으로 가져갔다. 마침 텔레비전이 정면으로 보이는 자리였다. 화면에서는 여전히 스키 대회 영상이 흘러나오고 있었다.

"땀 흘린 다음에 먹는 밥이 진짜 꿀맛이지."

입 안 가득 스테이크를 넣고는 리이가 행복한 미소를 지으며 말했다. 나와 같은 생각을 하며 스테이크를 복스럽게 먹는 리이를 보며 새삼스레 식성이 정말 잘 통한다고 생각했다.

점심때를 놓친 데다가 오랜만에 스노보드도 탔겠다, 출출했던 나는 정신없이 덮밥을 먹는 데 열중했다. 다 먹고 나니 컵에 따라온 물도 바닥을 보였다.

리이는 한창 먹는 중이었는데 스테이크 덮밥이 4분의 1 정도 남은 데 비해 물은 거의 남아있지 않았다. 리이가 마실 물도 받아 올 겸 나는 컵 두 잔을 들고 일어섰다.

"물 떠 올게."

"고마워."

리이가 바쁘게 움직이던 젓가락을 아주 잠시 멈추고 말했다. 하지만 곧바로 스테이크를 입속으로 가져가는 한결같은 모습을 보고 피식 웃음이 새어 나왔다.

최대한 어설프게 타면서 들키지 않도록 정신 바짝 차려야 해. 그렇게 곱씹으며 물을 채운 컵을 들고 자리로 돌아가려고 하는데, 예고 없이 등 뒤에서 들려온 내 이름에 나는 심장이 입 밖으로 튀어나올 정도로 기겁했다.

"무로사키 토우야 선수 맞죠?"

당황해서 뒤를 돌아봤다. 컵에서 물이 조금 흘러넘쳤다. 말을 건 사람은 스노보드 웨어를 입은 생전 처음 보는 젊은 여자 두 명이었다.

바보 같은 실수를 하다니. 여기는 스키장이다. 여느 곳보다 스노보드에 관심 있는 사람들이 모이는 것이 당연하다. 다시 말해 내 인지도가 급격히 높아지는 장소이기도 하다.

최근에는 길거리를 돌아다녀도 누군가 말을 거는 일이 전혀 없었고 새롭게 안면을 튼 사람들도 모두 나를 몰랐기에 방심하고 있었다.

나는 눈이 안 보일 정도로 비니를 깊숙이 눌러썼다.

"…아닌데요."

목소리를 깔아 대답한 뒤 두 사람을 지나쳐 서둘러 리이가 기다리고 있는 자리로 향했다.

"잘못 봤나? 아니야, 맞아."

나에게 말을 건 여자가 의심을 버리지 못했는지 등 뒤에서 목소리가 들렸다. …네 눈은 정확히 봤어.

"자기가 아니라는데?"

"두 명일 수가 없는 얼굴이란 말이야. 멋있긴 하다. 사인 받고 싶어."

"본인이라도 사생활이니까 그냥 내버려두자."

다른 한 명이 끈질기게 내 이야기를 하는 여자를 달랬다.

"그래야겠지?"

나에게 말을 건 여자가 마지못해 물러섰다. 여자의 말을 듣고 십년감수했다. 일단 위기는 넘긴 것 같다만 아직 여기에 나를 아는 사람이 있을지도 모른다. 앞으로 더욱 주의해서 행동해야만 한다.

그렇게 다짐하며 리이가 있는 테이블로 돌아왔다. 지금쯤이면 다 먹었을 줄 알았는데 아직 스테이크 덮밥이 남아 있다. 그런데 리이는 젓가락질을 멈추고 텔레비전에 못 박은 듯 시선을 고정하고 있었다.

그 화면에는 무려, 내가 비치고 있었다.

재작년에 열린 US 오픈이라는 국제대회 영상이었다. 열아홉 살의 내가 시상대에서 가장 높은 곳에 섰던 대회다. 친절하게도 화면 하단에 내 사진과 'Toya Murosaki'라는 이름이 떡하니 박혀 있다.

총 세 차례 시기 중 3차 시기. 화면 속에는 더 이상 물러설 곳이 없는 마지막 런을 연기하는 내가 있었다. 프런트 사이드 더블콕 1400이라는 기술을 훌륭하게 성공했다.

"…토우야가 하늘을 날고 있어."

화면을 응시하면서 리이가 멍한 표정으로 속삭였다. 새파란 하늘을 배경으로 파이프의 립에서 날아올라 중력을 거스르듯 회전하고 있는 나는 리이가 말하는 대로 하늘을 날고 있었다.

연기를 마치고 점수가 나왔다. 93.8점이라는 고득점은 이 시점에서 압도적인 1위였다. 국제 대회에 출전해 처음으로 우승하여 마치 날아갈 듯 기뻐했던 기억이 새록새록 떠올랐다.

기쁜 감정을 드러내는 것을 어색해하던 나였지만 품에 안고 있던 보드를 위로 들어 올려 작게 미소 짓고 있었다.

그런 2년 전의 내 모습을 리이가 진지하게 바라보고 있었다.

충격 그 자체였던 점심 식사를 마치고 우리는 다시 슬로프로 향했다.

"왜 스노보드 선수인 걸 숨겼어?! 완전 멋있잖아!"

지금까지 거짓말에 속고 있었는데 리이는 눈곱만큼도 화내지 않고 웃으며 말했다.

"…어쩌다 보니까."

나는 애매하게 웃으며 요령 없이 얼버무렸다. 지금 나를 둘러싼 상황을 자세히 설명하고 싶지 않았다.

"아, 그런데 세계적인 스노보드 선수라고 했으면 처음에 만났을 때 여행의 여자도 못 꺼냈을 거야. 그런 귀한 사람한테 이런 누추한 부탁이라니. 말도 안 돼. 그렇게 생각하니까 정체를 밝히지 않은 토우야에게 오히려 고마워지네."

"그래?"

"이제야 조금씩 이해가 간다. 토우야랑 같이 지내면서 아무리 봐도 백수는 아닌 것 같다고 생각했거든. 돈도 있지, 빈둥거리지도 않지. 살짝 의심스러웠지만 바쁜 사람이 내가 부탁한다고 졸졸 따라다닐 리가 없으니 뭐, 백수가 맞겠다 싶었어."

"나 안 빈둥거려?"

"응. 정확히 표현하기는 어려운데 뭔가 확실하게 주관을 갖고 나랑 같이 다닌다는 느낌? 운동선수라니까 고개가 끄덕여지네."

리이가 활짝 웃었다. 리이가 현역 운동선수의 루틴을 자세히 모르는 듯하여 다행이었다. 내가 단순히 길게 쉬고 있다고 생각하는 모양이었다.

원래대로라면 비시즌에도 훈련하랴, 점프대에서 연습하랴, 하루가 꽉 차서 이렇게 오랫동안 시간을 내어 어울릴 여유는 그림의 떡이다.

"있지, 있지! 상급자 코스에서 원래 실력대로 한 번만 타보면 안 돼?!"

리이가 눈을 반짝거리며 부탁했다. 스키장의 상급자 코스는 나에게 식은 죽 먹기다. 하프파이프만 아니라면 부상을 당하기 전처럼 타는 건 지금의 나라도 가능했다.

"알았어."

"앗싸!"

흔쾌히 승낙하자 리이가 신나서 덩실거렸다.

곧바로 혼자서 리프트를 타고 상급자 코스 꼭대기로 향했다. 리이는 내가 내려오는 모습을 보고 싶다며 코스 가장 아래에서 기다린다고 했다.

나는 렌탈용 보드를 신고 속도를 내며 미끄러져 내려갔다. 도중에 턴이나 가벼운 점프도 선보였다. 하프파이프의 반원통형 슬로프와 비교한다면 단지 활강에 가까운 너무나도 평범한 코스였다. 맹렬한 속도로 내려가도 어떠한 위험조차 느끼지 못했다.

"어떡해! 대박, 진짜 너무 멋있어! 태어나서 이런 거 처음 봐!"

아래로 내려온 나를 맞이한 리이가 눈밭 위에서 폴짝폴짝 뛰며 기쁨을 감추지 못했다. 리이의 보드는 벗겨진 채 살짝 떨어진 곳에 꽂혀 있었다.

내가 내려오는 모습을 구경하는 편이 즐거운지 본인이 스노보드를 탈 생각은 저 멀리 갖다 버린 듯했다.

고작 이렇게 타고 내려온 것만으로도 신이 나서 어쩔 줄 몰라 하는 리이의 모습이 순수하게 기뻤다. 한 번 더 보고 싶다고 리이가 졸라서 나는 다시 리프트에 몸을 싣고 올라가 정상에서 보드를 타고 내려왔다. 조금 전과 마찬가지로 리이는 함박웃음을 지으며 나를 맞이했다.

다른 손님들도 내가 내려오는 모습을 본 모양인지 주위가 복작복작했다.

"저 사람 엄청 잘 타."

누군가 이야기하는 소리가 들렸다. 게다가 한 번 더 내려왔을 때는 "무로사키 토우야 선수 아니에요?" 하고 말을 거는 사람도 있었다.

"아, 맞습니다."

이제 숨길 필요가 없어졌으므로 솔직하게 대답했다. "우와! 저 팬이에요!" 하면서 악수를 청해오길래 순순히 요청에도 응했다.

아까 나를 알아본 여자분한테는 조금 미안해졌다. 리이에게 내 정체를 들키기 전에 발생한 사건이었기 때문에 거짓말할 수밖에 없었다. 다음에 만나면 사과해야지. 만날 수 있을지는 모르겠지만 말이다.

팬이라고 자칭하는 남자와 악수하면서 그런 생각을 하고 있는데, 리이의 목소리가 들렸다.

"토우야, 내 말 좀 들어봐. 아까 토우야를 알아본 사람한테 들었는데, 여기 스노우파크에 하프파이프도 있대!"

리이는 한껏 들뜬 표정으로 이야기했지만 나는 그 말을 듣자마자 심장이 펄쩍펄쩍 뛰었다.

"이번에는 거기서 타 봐! 하늘을 나는 토우야를 내 눈으로 직접 보고 싶어!"

당연하지만 아무것도 모르는 리이가 천진난만하게 웃었다. 그 밝은 웃음이 나를 무겁게 덮쳤다.

"어…. 그건 좀 어려워."

동요하고 있다는 사실을 들키지 않도록 나는 태연한 척 대답했다. 곤란하게 웃으며 말 못 할 사정 따위 존재하지 않는다는 듯이. 하지만 "응? 왜 안 돼?" 리이가 눈을 동그랗게 뜨고 말꼬리를 물었다.

내가 보드를 타는 모습이 어지간히 마음에 든 모양이다. 그건 그거대로 기쁘지만 하프파이프 연기를 보여달라는 건 사정이 달랐다. 지금의 나에게는 불가능했다.

"…사실 이전 시즌에 크게 다쳤어. 그 이후로 하프파이프에서는 타 본 적이 없거든."

그럴싸한 명분이 없으면 납득하지 않을 게 당연했기에 숨기지 않고 털어놓았다. 어디까지나 가볍게 언급하는 느낌으로.

생사가 오가는 중상을 입었다든지 트라우마가 생겨서 하프파이프 연기를 할 수 없게 되었다든지 그런 말은 하고 싶지 않았다. 내 입으로 직접 누군가에게 이야기할 수 있을 만큼 마음의 정리가 되지 않았다.

입으로 뱉는 순간 마음의 상처가 더욱 깊어질 것만 같았다. 리이가 이대로 포기하길 바랐다.

"엑, 정말?"

"응."

"그런데 이미 부상은 다 낫지 않았어? 그럼 탈 수 있잖아! 응? 보고 싶단 말이야."

리이는 뜻을 굽힐 생각이 없는지 거의 절을 하다시피 부탁했다. 레스토랑에서 본 하늘을 나는 내 모습에 무척이나 빠졌나 보다.

"그렇긴 한데, 아직 조금 무서워서."

그래, 조금. 아직 조금, 무서울 뿐이다. 마치 스스로에게 타이르는 듯이 대답했다. 그냥 다친 영향이 남아있을 뿐. 그냥 잠깐 쉬고 있을 뿐. 슬슬 마음을 다잡고 복귀를 고려해야 하는 나는 그렇게 믿고자 했다.

"혹시 벌써 은퇴해?"

미적지근한 내 태도가 수상했는지 리이가 미간을 찌푸렸다.

'은퇴'라는 단어를 듣고 깜짝 놀랐다. 당연히 그 어떤 선택지에도 없다. 은퇴라니 말도 안 된다. 어릴 때부터 간직해 온 올림픽에서 세계 1위가 되겠다는 꿈을 아직 이루지 못했다. 신체 능력이 전성기에 해당하는 20대 초인 지금 경기에서 물러난다니 어림도 없다.

하지만 지금의 나에게는 하프파이프에서 하늘로 날아오를 마음이 전혀 없다는 것 또한 사실이다.

"…아니, 안 하는데."

나도 모르게 퉁명스러운 말투가 튀어 나갔다. 이대로 질질 끈다면 자연스럽게 은퇴 수순을 밟게 되리라는 사실은 잘 알고 있다.

하지만 현실을 도저히 받아들이기 어려워 구태여 소리 내어 부정했다.

"부상도 나았으면 빨리 하프파이프에서 타 보는 편이 좋지 않아?"

흠잡을 데 없는 정론이, 죽음을 앞두고도 만사태평하게 지내는 리이의 입에서 쏟아졌다.

…마음속에서 조바심이 싹텄다.

"오늘은 패스하면 안 될까."

"제발! 부탁해!"

"미안해. 어려울 것 같아."

"그런 게 어딨어! 하늘을 누비는 토우야 진짜 멋있었단 말이야! 제발 딱 한 번만! 내 평생소원이야, 응?"

'평생소원'. 어린아이가 부모님에게 장난감을 사 달라고 떼쓰거나 연인끼리 시답지 않은 대화를 주고받거나 할 때 자주 듣는 흔하디 흔한 그 말.

살면서 이 말을 단 한 번도 입에 담지 않는 사람은 손에 꼽을 것이다. 맞다. 우리는 사는 동안에 '평생소원'이라는 말을 농담처럼 수없이 주고받는다.

하지만 리이는, 지금 리이가 말하는 '평생소원'은 글자에 담긴 뜻 그대로 '평생소원'이다.

지금 네가 무슨 말 하는지는 알아?

리이가 안다고 해도 모른다고 해도 나는 공연히 화가 났다. 너는 매번 그런 식이지. 조만간 죽을 운명이면서 헤실헤실 웃기나 하고. 지나가는 말인 양 아무렇지도 않게 "나 곧 있으면 죽잖아."라고 말하지를 않나.

적어도 나는 사고 당시 '이제 죽는구나.' 하고 온몸에 퍼진 공포와 통증이 되살아날 때마다 심한 구역질이 차오르고 쓰러지기 일보 직전으로 덮쳐오는 절망과 두려움에 사로

잡혀 견딜 수가 없는데.

"…시끄러워. 넌 이해 못 해."

나는 가라앉은 목소리로 받아쳤다. 리이가 벙찐 표정을
지었다.

"토우야?"

"며칠 있으면 죽는 주제에 여유나 부리고. 죽는 게 무섭
기는 해? …네가 내 기분을 알 리가 없지."

"뭐라고…?"

"먼저 방으로 갈게."

차갑게 쏘아붙이고 리이를 세워둔 채 나는 걸음을 옮겼
다. 화가 났고 이런 내가 한심해서 마음이 엉망진창이었다.

지금 뭐라는 거야. 화풀이밖에 더 돼?

알고 있지만 이미 과거가 되어버린 당시의 공포가 시간
이 흘러도 사라지지 않아 속절없이 겁쟁이가 되고 마는 물
러빠진 나보다 리이는 훨씬 더 두려운 상황과 마주하고 있
다. 발버둥 쳐도 벗어날 수 없는 죽음이 머지않아 리이를 찾
아올 것이다.

그런데도 전혀 운명을 겁내는 기색 없이 홀가분하게 하
루하루를 보낸다. 리이의 초연한 태도가 나를 더욱 한심한
존재라고 손가락질하는 것처럼 느껴졌다. 조금 전 리이가
처음으로 내 상황을 언급했다는 이유로 말이다.

멋대로 색안경 끼고 보지 마. 분풀이밖에 안 되니까.

머리로는 이해한다. 하지만 이대로 함께 있으면 리이에게 주워담지 못할 신랄한 말을 쏟아낼 것만 같아서 나는 스노보드를 옆구리에 끼고 리이에게서 점점 멀어졌다.

그런데 꺅하고 여자의 비명이 들리자마자 등 뒤가 소란스러워졌다. 나는 반사적으로 걸음을 멈추고 무슨 일이 일어났는지 확인하기 위해 뒤로 돌았다. 방금까지 내가 서 있던 곳에 갑자기 믿기 어려운 광경이 펼쳐져 있었다.

멍청하게도 순간 발걸음이 떨어지지 않았던 나는 재빨리 들고 있던 스노보드를 내팽개치고 뛰어갔다.

리이가 배를 움켜쥐고 눈 위에 웅크리고 있었다. 몰려든 사람들은 "무슨 일이야?" "갑자기 쓰러졌어!" "괜찮아요?"라고 말하며 당황해서 허둥지둥거리기 바빴다.

"리이!"

쏜살같이 달려간 나는 눈 위에 무릎을 꿇고 서둘러 리이를 끌어안았다. 바로 몇 분 전에 나눈 험악한 대화는 이미 안중에 없었다. 리이의 얼굴은 살아있는 사람이라고는 믿기지 않을 정도로 창백했으며 거칠고 받은 호흡을 내뱉고 있었다.

어떻게 된 거야. 아직 수명은 남아있을 텐데. 왜 이렇게 고통스러워하는 거야. 심상치 않은 모습의 리이가 이대로 영영 눈을 감을 것만 같아서 너무나 혼란스러웠다.

"토, 야…. 괜찮… 아…. 전… 에 말했던… 발작이
야…."

눈물을 글썽이는 나를 향해 리이가 띄엄띄엄 입을 열
었다.

미치시게 선생님이 말한 발작. 이른 시일 내에 격렬한 발
작이 일어날 예정이라는 점은 항상 염두에 두고 있었다.

하지만 예상보다도 훨씬 갑작스럽게 찾아왔을뿐더러 곧
숨이 넘어갈 것처럼 힘겨워 보였기에 설마설마했던 발작이
라고는 생각지도 못했다.

"리이, 괜찮아…?"

"으…."

질문을 건넸지만 리이는 대답을 끝맺지 못했다. 고통을
참고 있는지 이를 악문 입술에 핏방울이 맺혔다.

언제나 씩씩하게 밥을 먹던 리이와는 거리가 먼 잔뜩 일
그러진 표정. 몇 분 내로 증상이 완화된다고 들었거늘 그럴
기미가 보이지 않았다.

정말 단순한 발작일까. 뭔가가 잘못돼서 리이의 마지막
이 지금 찾아온 게 아닐까. …이대로 숨이 끊어지는 건 아
닐까.

절망적인 사고는 꼬리에 꼬리를 물고 '내가 리이에게 심

한 말을 퍼부어서 그래.'라고 생각하기에 이르렀다.

"금방… 괜찮아, 질, 거야…. 조금 따뜻한, 곳으로…
갈래…."

리이가 기어들어 가는 목소리를 애써 쥐어짰다. 소원을
들어주기 위해 나는 리이를 등에 업었다. 통증 때문에 힘이
들어가지 않는지 축 늘어진 리이는 내 어깨에 팔을 두르지
도 못했다. 제대로 업지 않으면 리이가 이대로 흘러내려 어
디론가 사라질 것만 같았다. 팔과 손에 단단히 힘을 주고 리
이를 꽉 붙들었다.

미안해. 리이, 미안해.

당장이라도 부서질 것만 같은 리이를 보니 자책감이 몰
려들었다. 죽는 게 무섭지 않을 리가 없잖아.

리이의 속마음을, 나는 이미 눈치채고 있었다. 사실은
너무나 두려워서 참을 수 없기에 맛있는 음식을 먹으며 기
분을 달랠 수밖에 없다는 것을.

가족이나 친구들이 슬퍼하는 모습을 보면 자신의 죽음
을 받아들이라고 강요하는 듯하여 진실을 고백할 수 없다
는 것을. 전부 눈치채고 있었다.

며칠에 한 번꼴로 눈이 부은 채 아침을 먹으러 나타났는
데, 그 빈도가 최근에 잦아졌다는 점도. 머나먼 풍경을 잠
자코 바라보는 리이가 무슨 생각을 하고 있는지도.

아직껏 내심 "곧 죽을 텐데 팔자 좋게 잘도 먹네." 하고 여겼다. …아니, 그렇게 여기고 싶었을 뿐이다.

내가 극복하지 못한 죽음의 공포에서 벗어나는 방법을 네가 알고 있다고 믿고 싶었다. 내 트라우마를 이겨낼 실마리를 찾고 싶어서 죽음을 두려워하지 않는 너와 함께 있기로 결정하고 너의 마지막 여행에 동행했다. 그래서 어렴풋이 느끼고 있던 네 속마음을 인정한다면 그 동기 자체가 손에서 빠져나갈 것만 같았다.

너와 내가 함께하는 이유가 사라지면 어떡하지.

네가 그런 속 편한 사고방식 따위 갖고 있지 않다는 사실쯤은 이미 알아차리고 있었다. 그래서 미소 뒤에 숨겨진 너의 진짜 얼굴을, 나는 못 본 척했다. 모르는 척했다. 네가 언제나 정체 모를 공포를 떠안은 채 그와 싸우고 있다는 것을. 당장이라도 "죽기 싫어." 하고 외치고 싶을 때가 있다는 것을.

리이, 내 말 들려? 하프파이프에서 날아오르는 모습쯤이야 얼마든지, 몇 번이든지 만족할 때까지 보여줄게. 그러니 부탁이야. 앞으로도 변함없이 웃으면서 "아, 맛있었다. 잘 먹었습니다!" 하고 말해 줘. 여명백식이라는 병에 걸렸다는 이야기는 사실 거짓말이었다고 웃어 줘. 제발 죽지 말아 줘.

리이에게 돌려버린 화살이라든지 내가 안고 있는 트라우마라든지, 그런 것들은 망각의 저편으로 날려버리고 나는 간절하게 빌고 또 빌었다.

스키하우스에 도착해 일단 소파에 리이를 뉘었다. 상주하고 있을 의무진을 찾기 위해 리이의 곁을 떠나려는데, 나를 불러세운 리이가 식은땀을 흘리면서 웃어 보이려는 듯 힘겹게 입꼬리를 올렸다. 정말로 통증이 가신 듯했다.

"…괜찮아. 이제 좀 진정됐어."

이윽고 발작이 완전히 멈추었는지 리이는 "너무 아팠어. 죽는 줄 알았네." 하고 천연덕스럽게 말했다.

미치시게 선생님이 설명한 대로 몇 분 내로 잦아드는 발작이었던 모양이다. 하지만 그 몇 분이 억겁 같았다.

선생님도 나에게 당황하지 말고 곁에 있어 달라고 부탁했는데.

발작이 멎은 리이는 평소와 다름없었지만 "조금 피곤한데 오늘은 이만 숙소로 돌아갈까?" 하고 제안했고, 나는 그렇게 하기로 했다. 나도 오늘은 더 이상 스노보드를 탈 기분이 아니었다.

"정말 이제 안 아파?"라든지 "내가 더 당황해서 미안해." 라든지 "병원 안 가도 괜찮겠어?" 하며 여러 번 말을 걸었지만 리이는 "응." "아냐." "괜찮아." 하고 짧게 답할 뿐이었다.

우리는 스키장에서 걸어서 몇 분 걸리지 않는 곳에 숙소로 잡은 료칸으로 향했다. 방에서 각자 휴식을 취한 다음 료칸 안에 있는 레스토랑에서 저녁을 먹기로 했다. 음식이 서빙되기를 기다리며 리이는 말없이 스마트폰을 만지작거렸다. 평소라면 나와 수다를 떨었을 시간이다.

발작이 일어나기 전에 내가 한 말에 화났을까. 평소와 다른 리이의 태도에 불안해졌지만, 딱히 할 말을 찾지 못해서 나는 입을 꾹 다문 채 음식이 나오기만을 기다렸다.

테이블에 놓인 일본식 한 상 차림을 평소처럼 맛있게 먹는 리이를 보고 살짝 안심했다.

밥그릇을 싹싹 비우고는 "아, 맛있었다. 잘 먹었습니다!" 하고 특유의 멘트를 말한 리이는 피곤한 듯했다.

"이상하게 피곤하네. 오랜만에 스노보드 탄 데다가 발작까지 일어나서 그런가 봐. 오늘은 일찍 자야겠어."

리이는 발작이 일어나기 전에 내가 한 말에는 어떠한 언급도 하지 않은 채 그렇게 말했다. 저녁 7시를 조금 지난 시각이라, 잠자리에 들기에는 아직 이른 시간이었지만 리이의 얼굴에 짙게 내려앉은 피로를 보니 그 편이 좋겠다고 생각했다.

"…그래."

할 말이 더 있을 텐데? 속으로 나에게 호통쳤다. 발싹 때문에 흐지부지됐지만 내가 리이에게 폭언을 퍼부었다는 사실이 사라질 리가 없다.

하지만 내가 먼저 그 일을 대화 주제로 올리기에는 부끄러워서 별다른 말을 꺼내지 못한 채 리이와 함께 레스토랑을 뒤로하고 나왔다.

나란히 배정받은 각자의 방 근처로 돌아왔을 때였다.

"토우야, 내 방에서 잠깐 얘기 안 할래?"

리이가 제안했다. 소스라치게 놀랐지만 거절할 이유가 없었다. 말을 꺼내야 할 사람은 오히려 나였다. 리이의 방에 들어가니 이미 이불이 깔려 있었다.

"아, 잘 준비 먼저 해도 돼? 옷 갈아입고 양치하려고. 얘기하다가 잠들 것 같아서."

리이가 배시시 웃었다.

"응. 그렇게 해."

내가 고개를 끄덕이자 리이는 세면대에서 양치를 시작했다. 그리고 내가 보이지 않는 사각지대에서 료칸에서 제공하는 유카타로 갈아입었다.

호텔타이요에 묵었을 때 유카타를 입은 리이를 보고 성가신 감정이 들었던 일이 문득 떠올랐다. 하지만 오늘은 조금도 그런 생각이 들지 않았다. 그보다 우리를 둘러싼 상황이 더욱 성가셨기 때문이다.

"누워서 얘기해도 괜찮지?"

유카타를 입은 리이의 질문에 나는 "응." 하고 대답했다. 나는 리이가 파고 들어간 이부자리 옆에 앉았다.

"…토우야, 미안해."

사과해야 할 사람은 따로 있거늘 리이가 먼저 용서를 구했다. 당황해서 어버버하는 사이 리이가 말을 이었다.

"토우야에 대해 아무것도 모르는 주제에 무신경한 말을 했어. …부상이 굉장히 심각했다며. 아까 인터넷에서 봤어."

아무래도 저녁을 먹기 전에 리이가 스마트폰을 만지작거렸던 건 내 이름을 검색하기 위해서였나 보다.

"…부딪친 곳이 살짝이라도 어긋났다면 죽었을지도 몰랐다고 적혀 있더라. 그 정도였는데 하프파이프에서 보드를 탄다니 무서운 게 당연하지. …정말 미안해."

이불을 그러쥐면서 리이는 좀처럼 듣기 힘든 얌전한 목소리로 한마디 한마디를 입에 담았다. 진심에서 우러나온 행동이었다.

"…사과는 내가 해야지. 그런 말 해서 미안해."

누워 있는 리이를 내려다보듯 바라보면서 간신히 말했다. 죽음의 문턱에서 구사일생으로 살아 돌아온 나에 반해 리이의 앞에는 결코 저항할 수 없는 불가피한 죽음이라는 운명이 기다리고 있다. 나는 리이에게 그런 말을 할 자격 따위 없었다.

리이는 "후훗." 하고 나지막이 웃고는 나에게 물었다.

"하프파이프에서 보드 타는 건 아직도 무서운 거지?"

"응."

솔직하게 인정했다. 트라우마를 안게 되고 누구에게도 말하지 않았던 속마음이다. 나조차도 인정하고 싶지 않았던 한심할 정도로 나약한 감정.

그러나 이상하게도 오늘만큼은 리이에게 내 형편없는 모습을 보여주는 데 거리낌이 없었다. 시한부 인생임을 솔직하게 고백하고 마지막 날까지 즐겁게 식사를 만끽하고자 하는 리이에게 내 진짜 모습을 속인다 한들 무슨 의미가 있을까.

"다치고 나서는 한시라도 빨리 대회에 복귀하고 싶었어. 회복에 힘쓰면서 죽기 살기로 재활을 했지. 그렇게 시즌 막바지에 보드를 타러 갔는데…. 못 하겠더라. 드롭인 하려고 했더니 머릿속이 새하얘지질 않나, 다리가 움츠러들질 않나. 아예 할 수 없던 건 아니지만 전처럼 탈 수가 없었어."

고개를 떨군 채 자초지종을 자세히 밝히자 한참 뒤 리이의 말이 돌아왔다.

"…그랬구나. 그래서 나한테 하는 일이 없다고 둘러댄 거였어."

나는 고개를 끄덕였다.

"여전히 무서워. 하프파이프 따위 보고 싶지도 않아. 그런데 올 시즌은 벌써 시작했고 나도 이제 슬슬 두려움을 떨쳐내야 해. 하지만 다쳤을 때 '아아, 이제 죽는구나.' 하고 생각했어. …그때 느꼈던 오감이 점점 사라져가는 감각을 떠올릴 때마다 괴로워서 참을 수가 없어."

"그렇지…. 죽는 줄 알았잖아. 무서운 게 당연해."

이불을 덮은 채 리이는 나를 향해 손을 뻗었다. 나는 이끌리는 듯 리이의 손을 잡았다. 리이의 손은 무척 따뜻했다. 당연한 말이지만 살아있는 사람의 온기였다. 그 따스함이 내 안을 지배하는 공포를 녹여갔다.

발작으로 괴로워하는 리이를 업어 자리를 옮길 때, 그때껏 속에 품고 있던 공포를 힘껏 날려버리고 '하프파이프에서 날아오르는 모습쯤이야 얼마든지, 몇 번이든지 만족할 때까지 보여줄게. …제발 죽지 말아줘.' 하고 간절히 바랐다.

그때의 감각이 조금이지만 아직 내 안에 남아 있었다. 나는 리이를 보고 입을 열었다.

"…그런데 있잖아."

"응?"

"아까 리이가 발작으로 쓰러졌을 때 너무 놀라서 머릿속이 뒤숙박숙이었어. 리이가 그대로 숙어버리는 줄 알았거든. …그때 날아오르는 모습쯤이야 얼마든지 보여줄 테니까 제발 죽지 말아 달라고 빌었어."

내 말을 듣고 리이가 놀란 듯 눈을 크게 뜨더니 웃음을 터트렸다.

"진짜? 그렇게 생각해 주다니, 발작 효과 대단한데?"

"대단하고말고. 나를 그렇게 생각하게 했다니까."

내가 고분고분하게 맞장구치차 리이의 웃음에 쑥스러움이 번졌다.

"내일 하프파이프가 있는 곳에 가 볼 거야. 내가 하프파이프를 내려오는 모습… 하늘을 나는 모습 지켜봐 줘."

리이의 손을 잡은 손가락에 힘을 싣고 말했다.

"나 꿈꾸는 거 아니지? 어떡해. 너무 기뻐."

"리이가 그렇다면 내가 더 기쁘지."

"괜히 무리하는 건 아니고?"

"…사실 조금 무리하고 있기는 한데."

또다시 한심하기 짝이 없는 말이 튀어나왔다. 내 안에 리이에게는 멋진 모습을 보여주고 싶다는 마음과 솔직하게 엄살을 부리고 싶다는 마음이 뒤엉켜 있었다.

하지만 언제나 감정에 솔직한 리이와 마주하면 약한 내

가 겉으로 모습을 드러내고 만다.

리이가 이불을 걷고 상체만 일으켜 말했다.

"내 배낭 주머니 안에 살균 티슈가 있거든. 그것 좀 가져 와 줄래?"

"잠시만."

리이의 의도가 짐작 가지 않아 당황했지만 나는 부탁받은 대로 배낭에서 살균 티슈를 꺼내어 리이에게 건넸다.

도대체 뭘 하려는 걸까 추측하는데 리이가 오른쪽 피어스를 뺐다. 내가 바로 얼마 전에 리이에게 선물한 골드 피어스였다. 리이는 피어스를 살균 티슈로 꼼꼼히 닦고 나서 나를 보고 빙그레 웃었다.

"토우야, 귀 이리 줘."

"응?"

"얼른. 귀를 이쪽으로 대지 못할까!"

리이가 무엄하다는 듯 연기하며 말했다. 어리둥절해하면서도 얌전히 오른쪽 귀를 리이에게 갖다 댔다. 그러자 리이가 내 귀를 만지작거리더니 무언가 사부작대기 시작했다. 간지러워서 몸을 떨 뻔한 것을 어떻게든 참았다.

"됐다. 거기 거울 봐 봐."

귀에서 간질거리는 감각이 사라진 후 리이가 시키는 대로 벽에 붙어 있는 전신 거울을 쳐다봤다. 마침 내 자리에서도 잘 보여서 움직일 필요가 없었다.

내 귀에서 골드 후프 피어스가 반짝반짝 빛나고 있었다. 조금 전까지 리이의 귀에 달려 있던 피어스가.

리이를 바라보니 리이의 귀에는 실버 후프 피어스가 끼워져 있었다. 내가 항상 하고 다녔던 피어스다.

"부적이야. 내 영혼이 깃들어 있으니 효과는 장담해. 허전해진 내 귀는 토우야 피어스로 대신할게."

리이가 의기양양하게 웃었다. 한껏 우쭐거리는 말투가 웃겨서 나는 푸흡 하고 웃음을 터트렸다.

"듣던 중 반가운 소리군. 효력이 뛰어날 게 틀림없어. 나는 내일 하프파이프에서 아주 완벽한 연기를 보여주도록 하지."

나는 일부러 연기 톤으로 천천히 엄숙하게 단언했다.

"믿어 보라니까."

리이는 흡족한 표정을 지으며 아하하 하고 소리 높여 웃었다. 그 후 리이는 이불을 덮고서 뒹굴뒹굴하며 나에게 스노보드와 관련된 이런저런 이야기를 물어봤다.

올림픽에서 동메달을 땄다고 하니 "뭐? 그걸 왜 지금 말해! 완전 유명인이었잖아!" 하고 들썩들썩하며 놀리기도 했다.

쌍둥이 형제도 똑같은 스노보드 선수에 라이벌이라고

털어놓자 남동생 사진을 보고 싶다고 졸라대길래 나는 유키토의 인스타그램 계정에 접속하여 스마트폰 화면을 보여줬다.

그랬더니 "동생 잘생겼는데?! 심지어 은근히 내 취향이잖아."라고 리이가 흥분해서 왁왁 떠들었다.

갑자기 열이 뻗쳤다. 이목구비가 뚜렷한 나와 이른바 소금상*인 유키토는 같은 부모에게서 태어났음에도 생김새가 정반대였다. 얘기를 듣자 하니 리이는 선이 얇은 타입을 좋아하는 것 같다.

"근데 올림픽에서 메달 딴 건 나야. 개한테 져 본 적도 까마득해."

발끈한 나머지 불쑥 그딴 녀석보다 내가 훨씬 낫다고 어필하고 말았다.

반론해서 뭐 어쩌려고? 말하고 나서야 이성이 돌아왔다. 지금까지 유키토가 더 취향이라고 말하는 여자도 몇 명 만나보기는 했지만 그때는 아무렇지도 않았다.

리이가 나를 빤히 쳐다보며 조용히 중얼거렸다.

"지기 싫어하는 토우야라니, 귀여운걸."

괜스레 부끄러워진 나는 눈을 피했다. 종잡을 수 없이

---

* 흰 피부와 가는 눈매, 얇은 입술을 특징으로 하는 담백한 외모를 일컫는 말

주제가 확확 바뀌는 대화를 나누는 동안 리이의 눈이 자연스럽게 반쯤 감겼고 말수도 점점 줄어들었다.

어느새 완전히 눈을 감은 리이가 잠기는 소리로 말했다.

"…토우야를 점찍은 사신은… 내가 함께 데려갈게…."

말을 마치자마자 잠에 빠진 듯 쌕쌕하고 리이의 숨소리가 들렸다.

애달프고 고마워서 걷잡을 수 없는 슬픔이 몰려왔다.

너는 이미 사신이 보내는 열렬한 사랑으로부터 도망칠 수 없는 상황인데. 다른 사람의 사정을 생각할 여유 따위 없을 텐데. 어째서 너는 내 앞날을 걱정할 수 있는 걸까.

그렇게 사람이 좋으니까 사신에게 빈틈을 보인 거다. … 그리고 고집 세고 얼어붙은 내 마음속으로 비집고 들어온 거다.

리이의 곁에서 떨어지고 싶지 않다. 단 일분일초라도 떨어지고 싶지 않다.

나는 리이가 잠든 이불 옆 바닥에 엎드려 누웠다. 그리고 리이가 새근새근 자는 모습을 바라보면서 잠들었다.

다음 날, 우리는 다시 난고 스키장을 찾았다.

리이와 함께 짧게나마 초급자 코스를 미끄러져 내려오면서 준비 운동을 한 후에 스노우파크에 설치된 하프파이프로 향했다.

오늘은 익숙한 내 보드웨어를 입고 스폰서 로고가 들어간 보드를 안은 채 파이프의 데크에 섰다. 8개월이 넘도록 차 트렁크에 방치되어 있던 나만의 전용 보드를 케이스에서 꺼내니 살짝 쾨쾨한 먼지 냄새가 나서 쓴웃음을 지었다.

보드의 바인딩을 채운 뒤 나는 데크 위에서 하프파이프 아래를 내려다보았다. 깊이는 약 5미터 정도.

드롭인 해서 미끄러져 내려가 하늘 위로 날아오르는 기술을 시도할 때 립에서부터 측정하여 7미터 가까이 높게 올라갈 때가 있다. 다시 말해 하프파이프 바닥 면에서부터 높이를 계산하면 12미터인 셈이다.

예전에 언뜻 들은 바로는 건물 3층에 해당하는 높이였다. 이렇게 위험한 운동을 지금까지 잘도 해 왔군. 새삼스레 실감했다.

리이는 코스가 끝나는 곳에서 내가 미끄러져 내려오기를 기다리고 있다. 하프파이프의 정상에서 새하얀 보드웨어를 입은 리이가 콩알만 하게 보였다.

내가 슬쩍 시선을 보내니 리이가 바로 알아보고 힘차게 손을 흔들었다. 가볍게 손을 흔들어 답한 후 다시 한번 하프파이프 전체를 바라봤다. 심장 고동 소리가 한층 시끄러워졌고 동시에 호흡이 가빠졌다. 무섭다.

이대로 스노보드를 벗어 던지고 저 멀리 있는 리이에게 뛰어가고 싶은 충동에 휩싸였다. 그런 생각을 뿌리치기 위해 오른쪽 귀를 어루만졌다. 글러브 너머로 느껴지는 어렴풋한 피어스의 감촉. 피어스를 직접 눈으로 확인할 수 없는 게 유감스러울 따름이다. 하지만 여기에는 리이의 영혼이 깃들어 있다고 했다.

"효과는 장담해." 하고 보장받은, 세상에서 단 하나뿐인 부적.

'…토우야를 점찍은 사신은… 내가 함께 데려갈게….'

어젯밤에 리이가 읊조린 말이 머릿속에 울렸다.

…틀렸어.

살아 돌아온 내게 사신은 이미 흥미를 잃었을 것이다. 만약 여전히 주위를 어슬렁거리고 있다고 해도 있는 힘껏 강제로 굴복시키면 그만이다. 공포심을 한 방 먹여 나가떨어지게 만들어서 말이다.

그러면 혹시라도 만에 하나 리이를 사랑한 사신도 겁을 먹고 도망가지 않을까. …허황된 바람일까.

아무튼 리이는 내가 하늘을 나는 모습을 보고 싶어 했으니 날아올라야만 한다.

손에 남은 피어스의 감촉을 못내 아쉬워하면서 나는 귀를 만지작거리던 손을 놓고 자세를 갖췄다. 그리고 꿀꺽 침을 한 번 삼키고 나서 드롭인 했다.

공포를 느낀 건 한순간이었다. 립에서 하프파이프 안쪽으로 미끄러질 때 아주 찰나. 그다음에는, 아무 일도 없었다.

내 몸이, 마음이, 하프파이프를 즐기는 방법을 기억하고 있었다. 순식간에 기분이 고양되고 한껏 몸집을 불렸던 공포는 점차 사그라져 금세 모습을 감췄다.

드롭인 했던 벽의 반대편 립에서 하늘로 날아오른 다음 나는 앞으로 한 바퀴 돌면서 몸을 두 바퀴 반 비트는 프런트 사이드 900이라는 기술을 성공했다. 하프파이프 주위에 있던 라이더들이 함성을 터트렸다.

이어서 예전에 선보였던 기술을 차례대로 시도했다. 전성기 비거리에 한참 미치지 못했고 내가 익힌 기술 가운데 최고난도 기술인 프런트 사이드 더블콕 1440 또한 도전하지 못했다.

하지만 그동안 내내 보드를 타지 않았던 것 치고는 꽤 나쁘지 않았다.

미끄러져 내려와 눈보라를 일으키며 보드를 멈추자 주위에서 환호가 터져 나왔고 리이가 달려와 점프하면서 내게 안겼다. 그 어마어마한 기세를 감당하지 못해 결국 우리는 함께 눈 위로 벌러덩 넘어지고 말았다. 머리부터 온몸에 눈을 뒤집어쓴 리이를 보고 내가 크게 소리 내어 웃자 리이도 활짝 웃었다.

"방금 누구야?"

"무로사키 토우야래! 장난 아니다!"

주위에서 그런 이야기가 들려오는 가운데 겨우 몸을 일으킨 리이가 흥분한 표정으로 말을 쏟아냈다.

"미쳤어! 대박! 완전 닭살! 사람 맞아? 진짜 멋있어!"

어휘력이 전혀 느껴지지 않는 어린아이 같은 칭찬에 리이의 감정이 고스란히 묻어나오는 듯하여 이루 말하기 어려운 기쁨이 차올랐다.

"아… 응, 고마워."

쑥스러운 마음을 감추려고 담담하게 대답했다. 솔직히 아직까지 현실감이 없었다. 당장 몇 분 전까지만 해도 "이제 두 번 다시 못 타지 않을까." 하고 겁에 질려 부들부들 떨고 있었으니 말이다.

지금 서 있는 위치에서 하프파이프를 바라봤다. 눈으로 만들어진, 조금씩 키가 커지는 반원통이 매몰차고 냉정한 괴물처럼 보였다.

하지만 드롭인 한 직후의 감각을 떠올리자 공포보다 흥분과 즐거움이 되살아났다. 철들기 전부터 하프파이프에서 보드를 탄 덕분일까. 아무래도 나에게는 드롭인만 하면 무아의 경지에 도달하는 정신이 자리 잡은 듯했다.

"사람은 하늘을 날 수 있구나. 지금까지 아무것도 몰랐네."

리이가 한 글자 한 글자에 진심을 실어 말했다.

"…나 제대로 날았어?"

리이가 어제 스키하우스에서 본 텔레비전 속 영상과 비교하자면 기술의 수준과 비거리 모두 형편없었다. 그래서 리이가 만족스러워할 만큼 하늘을 누볐는지 불안했다. 리이는 천천히 그리고 힘 있게 고개를 끄덕였다.

"제대로 날았고말고. 내 상식을 날려버린 순간이었어."

"그랬구나."

최고의 칭찬이었다. 나는 상식을 날려버릴 수 있는 위대한 사람이었다.

똑같이 날려버릴 수는 없을까. 여명백식이라는 말도 안 되는 병도.

"…설마 토우야가 이렇게까지 멋있을 줄이야."

부끄러울 정도로 계속되는 폭풍 칭찬에 머쓱해졌지만 그렇게 말하는 리이의 눈동자에는 어딘가 씁쓸한 빛이 어려 있었다.

어쩐지 깊은 의미가 담긴 듯하여 신경 쓰였다. 하지만 "멋있다니 무슨 뜻이야?" 하고 묻는 건 역시 우쭐대는 것 같아서 자세히 물어보기가 꺼려졌다.

리이의 오른쪽 귀에 달린 은색 링이 눈에 들어왔다.

"맞다. 부적 돌려줄게. 고마워."

오른쪽 귀에 끼고 있던 리이의 피어스를 빼려고 하는 찰나, 리이가 고개를 저었다.

"아냐, 괜찮아."

"응?"

"이대로도 좋아."

슬픔을 가득 머금은 두 눈으로 나를 바라보며 리이가 말했다. 나는 "그래?" 하고 대답할 수밖에 없었다.

앞으로 스물세 끼

트라우마를 속 시원하게 걷어차고 리이의 앞에서 하늘을 날았던 날의 이튿날 아침, 오늘은 료칸을 체크아웃할 예정이었다. 그리고 나서 어디에 갈지는 아직 듣지 못했다. 항상 있는 일이지만.

나는 약속 시간인 7시 반에 맞춰 뷔페 레스토랑에 도착했다. 리이는 아직이었다. 곧 모습을 드러내겠지 하고 기다렸지만, 5분이 지나도 10분이 지나도 감감무소식이었다.

처음에는 늦잠이라도 잤나 대수롭지 않게 여겼는데 약속한 시간에서 15분이 지나면서는 최악의 생각이 머릿속을 떠돌았다.

무슨 문제가 발생해서 리이의 수명이 다한 게 아닐까.

당황해서 급히 리이의 방으로 향했는데, 의외의 광경이

눈앞에 펼쳐졌다. 방 앞에 청소 도구를 가득 실은 카트가 놓여 있었고 문이 열려 있었다. 안을 들여다보니 료칸 직원이 이불에서 시트를 벗겨내고 있었다.

"…죄송합니다. 여기 머무르던 여자분은 어디 갔나요? 제 일행인데요."

방 입구에서 직원에게 말을 걸었다. 그러자 직원이 곤란한 듯한 표정을 짓고 대답했다.

"같이 온 분 말씀이신가요? 조금 전에 체크아웃하셨습니다만…."

"네?"

놀라서 갈라진 목소리가 흘러나왔다. 도대체 무슨 일이지. 머릿속이 핑핑 돌았다.

나는 방으로 돌아와 머리맡에 던져두었던 스마트폰을 서둘러 집어 들었다. 리이에게 "어디야?" 하고 메시지를 보낸 뒤 전화를 걸었다. 잠시 신호가 갔지만 이내 화면이 '응답 없음'으로 바뀌었다. 메시지에도 읽음 표시가 뜨지 않았다.

혹시 차단당한 게 아닐까. 만약 리이가 자기 의지로 내 앞에서 없어졌다면 그럴 가능성이 가장 유력하다. 아연실색하여 아무 말도 나오지 않았다. 상황이 어떻게 돌아가는 거야. 방에서 멍을 때리는 게 고작이었다.

어느덧 체크아웃 시간이 다가와 나는 애써 기력을 쥐어짜 나갈 준비를 한 뒤 짐을 안고 프런트로 향했다. 요금 결제가 끝나자 프런트 직원이 말했다.

"무로사키 님, 일행분께서 편지를 맡기셨는데요. 여기 있습니다."

직원이 건넨 건 하얀 봉투였다. 봉투를 받아 내용물을 꺼내려고 하는데 풀로 봉해져 있다. 나는 마구잡이로 봉투 윗부분을 부욱 찢었다. 안에 든 편지지가 살짝 찢어졌지만 아무래도 상관없었다.

리이가 남긴 메시지. 서둘러 펼친 편지지에는 반듯한 글씨체로 단지 이렇게 적혀 있었다.

"고마워. 미안해. 잘 있어."

뭐야. 지금까지 매일 함께 지냈잖아. 밥도 같이 먹었잖아. 이렇게 끝내겠다고? 웃기지 마.

리이가 내 앞에서 모습을 지웠다.

대체 어디로 사라진 거야, 성치도 않은 몸으로.

편지의 내용에 부글부글 화가 났다. 나는 안달복달하면서도 일단 관동 지역으로 차를 몰았다.

진짜 뭐 하자는 건데. 내 앞에 갑자기 나타나더니 "여명백식에 걸려서 곧 죽을 예정이니까 같이 맛있는 거 먹으러 돌아다니자!"하면서 터무니없는 부탁을 하지를 않나. 나는 네가 바라는 대로 가고 싶은 장소에 함께 가서 먹고 싶은 음식도 함께 먹었잖아. 그런데 그렇게 편지 한 장만 남기고 사라져? 제멋대로인 것도 정도가 있지. 너무 자기중심적인 거 아니야? 이렇게 뻔뻔할 수가 있어? 반드시 찾아낼 거야. 가만 안 둬. 각오해.

도중에 고속도로 휴게소에서 휴식을 취하기로 한 나는 스마트폰으로 우리의 연결고리가 된 '리이의 맛있는 일기' 블로그에 접속했다. 이 블로그에서 소개한 가마쿠라의 가게를 돌아다니다가 리이를 만났다. 분명히 블로그에 올라온 게시글에 적힌 가게 중 어느 한 곳에서 리이는 오늘도 식사를 하고 있을 것이다.

갑자기 나를 떠난 이유가 가늠조차 되지 않았지만 심경의 변화가 있을지언정 먹는 걸 포기할 리이가 아니었다.

병원에 가서 리이가 올 때까지 기다리는 방법도 생각했다. 그러나 만약 리이가 모든 걸 놔 버렸다면 병원을 찾지 않을 가능성도 무시하지 못했다.

설령 병원에 갈 기력이 없다고 해도 마지막의 마지막까지 맛있는 음식을 포기하지 않을 터이다. 리이는 그런 사람이다.

블로그에서 소개했지만 둘이서 함께 가지 않았던 가게

를 하나하나 돌아다녀 보기로 결심했다. 그렇게 정리하고 나니 대략 스무 곳으로 추려졌다. 고속도로를 달려서 도쿄에 도착하자마자 우에노에 있는 양식 레스토랑으로 향했다.

블로그에 따르면 100년 넘게 운영하는 노포 양식점으로 대표 메뉴는 오므라이스였다. 어디선가 가게 이름을 들어본 적이 있다. 블로그에도 줄을 선 후에 겨우 들어갔다고 적혀 있었으니 유명한 가게일 것이다.

마침 점심시간이기도 해서 가게 앞에는 여러 명이 줄을 서 있었다. 대기 줄에 리이의 모습은 보이지 않았다. 이미 가게에 들어가 있을지도 몰라. 기다리다 보면 오지 않을까. 여러 가능성을 생각하면서 나는 대기 줄의 맨 끝에 가서 섰다.

내 앞에 줄을 선 여자 두 명이 나누는 이야기를 듣자 하니 오늘은 평일 중에서도 손님이 적은 편이라고 했다. 20분 정도 기다린 뒤 가게에 들어갔다. 그러나 가게 안에도 리이는 없었다. 꽝이다.

모처럼 왔으니 오므라이스를 주문하고 혹여나 리이가 가게에 들어오는 걸 놓치지 않도록 천천히 먹으면서 한 시간 반 동안 가게에 머물렀다.

이런 상황에서도 얇은 계란으로 감쌌고 버터 향이 솔솔 풍기는 치킨이 들어간 오므라이스는 꿀맛이었다. "아, 맛있었다. 잘 먹었습니다!" 하고 소리 내어 말할 수는 없었지만 속으로 중얼거리며 두 손을 모아 합장했다.

그때까지도 리이는 모습을 드러내지 않았다.

그렇게 저녁, 다음 날 아침, 점심, 그리고 다시 돌아온 저녁 식사까지, 나는 블로그에서 추린 가게들을 돌아다녔다. 리이와 만날 확률을 높이기 위해 점심과 저녁때 각각 두 군데씩 가게를 방문하기도 했다.

하지만 리이가 없어진 지 닷새째 되는 날의 아침을 다 먹고 난 뒤에도 리이와 만날 수 없었다.

아침을 먹은 가게를 뒤로하고 세워둔 차 안에서 머리를 굴렸다. 만약 어제 내가 갔던 가게를 지금 갔을지도 몰라. 같은 시간에 같은 가게에 있었는데, 내가 발견하지 못한 건 아닐까. 수많은 경우의 수를 고려했다.

그러는 동안 무언가를 간과하고 있을지도 모른다는 생각이 퍼뜩 떠올라 '리이의 맛있는 일기'에 다시 접속하여 게시글을 하나하나 차근차근 읽었다.

그리고 엄청난 사실을 깨달았다. 최근에 리이와 내가 방문한 가게의 절반 이상이 블로그에 소개되어 있지 않았다. 한 치의 의심도 없이 지금껏 블로그에 올라온 가게만 돌아다녔다고 굳게 믿었는데, 예상치 못한 충격에 사고 회로가 정지됐다.

그러면 리이는 어떤 기준으로 매일 가게를 골랐던 거지. 전무 리이가 가 본 적이 있는 듯한 가게였다. 블로그에서 언급하지 않은 가게라면 내가 리이의 행방을 알 턱이 없다. 이대로 리이와 영영 만나지 못할 가능성이 높아지자 한없는 공포가 스멀스멀 피어올랐다.

"아, 맛있었다. 잘 먹었습니다!" 방긋 미소 짓는 얼굴도, "토우야가 하늘을 날았어!" 뛸 듯이 기뻐하는 표정도, "얼굴값 못하는 백수라니까." 농담 섞인 악담을 날리는 모습도 나는 두 번 다시 볼 수 없는 걸까.

게다가 앞으로 몇 끼가 남았더라. 세는 게 싫어서 되도록 머릿속에서 지우려고 했다. …하지만 아마 여유롭게 어림잡아도 열 끼 전후일 것이다.

나는 이제 너를 만날 수 없는 거야? 이대로 내 마음이 무단 점유 당한 채로? 아니지, 그건 아니잖아. 너무 잔인하잖아.

끝없는 절망 속으로 고꾸라진 기분이었다. 눈물을 삼키느라 애쓰며 멍하니 리이의 모습을 떠올렸다. 그 순간 모르는 번호로 전화가 걸려 왔다.

"여보세요."

일단 전화를 받았더니 의외의 상대였다.

"갑작스레 연락드려서 죄송합니다. 저는 료칸아이즈 프

런트 담당 직원입니다만, 무로사키 토우야 님 되십니까?"

"…네, 그런데요."

료칸아이즈는 리이와 스키장에 갔을 때 이틀 동안 묵었던 곳이다. 웬 전화지? 나는 미심쩍게 여기면서도 전화를 이어갔다.

"함께 오신 여성분의 분실물을 습득했습니다. 툇마루에 있는 좌식 등받이 의자 밑에 떨어져 있었는데 아마 못 보신 듯해서요. 조금 전에 청소 담당 직원이 발견했는데 여성분의 연락처를 알 수 없어 무로사키 님에게 연락드린 참입니다."

그러고 보니 료칸에 체크인할 때 내 연락처를 기재하여 두 사람 몫의 방을 잡았다. 리이의 이름을 적긴 했지만 그 이상의 정보는 필요 없었기 때문에 빈칸으로 남겨 두었다.

"…그런가요. 번거롭게 해드려서 죄송합니다."

소중한 피어스도 잃어버렸으면서 칠칠치 못하게 또 뭘 흘렸대.

나는 속으로 투덜대면서 물었다.

"그런데 분실물이 뭔가요?"

"공책입니다만."

료칸 직원의 대답에 세게 한 대 얻어맞은 듯 머리가 띵해졌다.

맞아! 왜 지금까지 그 생각을 못 했지?

리이는 공책을 사주 뒤적였나. 초등학생 여자아이가 좋아할 법한 몹시 정겨운 동물 캐릭터가 그려진 공책을. 그리고 공책을 보면서 "오늘은 여기서 밥 먹자." 하고 알리지 않았던가.

틀림없다. 내가 리이와 방문한 가게 중에 블로그에 소개되어 있지 않은 곳은 그 공책에 적혀 있다.

즉, 그 공책을 손에 넣기만 한다면 다시 한번 리이와 만날 수 있을지도 모른다.

"공책 표지에 함께 오셨던 분 성함이 적혀 있는데…. 어떻게 하는 게 좋으실까요? 무로사키 님 댁으로 배송해 드려도 괜찮을까요?"

"아뇨, 가지러 갈게요."

나는 말허리를 자르며 대답했다. 느긋하게 기다리고 있을 수만은 없다. 내 손에 공책이 들어올 때쯤이면 분명 리이는….

"알겠습니다."

"오늘 안에 방문하겠습니다."

"기다리고 있겠습니다. 감사합니다."

전화를 끊자마자 나는 차를 출발시켰다. 속도위반 딱지를 떼지 않도록 조심하면서도 차를 거세게 몰아 후쿠시마

현으로 향했다.

평일 도로는 한산했기에 내비게이션상 네 시간이 걸리는 거리를 세 시간 남짓 만에 주파했다. 료칸아이즈에 도착하자마자 나는 곧장 프런트로 가 공책을 받았다.

표지에는 약간 삐뚤삐뚤한 글씨로 '리이의 맛있는 일기 ― 사키무라 리이'라고 적혀 있었다. 꼭 그렇다고는 할 수 없지만 다 큰 성인의 글씨체와 거리가 멀었고, 리이가 나에게 쓴 편지 속 글씨와도 완전히 달랐다.

생각했던 것보다 더욱 빛바랜 표지에서 오랜 세월의 흔적이 느껴졌다. 표지에 적힌 글은 분명 리이 본인이 어렸을 때 쓴 문구일 것이다.

조급해지는 마음을 억누르지 못하고 그 자리에서 공책을 펼쳤다. 심장 소리가 요란하게 쿵쿵 울렸다.

먼저 첫 페이지.

엄마는 나에게 맛있는 음식을 많이 먹여 준다. 맛있는 음식을 먹으면 정말 행복해진다. 그래서 맛있는 음식을 먹으면 여기에 일기를 쓰기로 했다.

이어지는 페이지에는 날짜와 당시 리이의 나이, 식사를 한 가게와 음식 맛에 관한 감상, 그때의 상황 등이 쭉쭉 묘

사되어 있었다.

공책에 일기를 쓴 선 1년에 몇 번 되지 않아 보였고 마지막에 적힌 페이지의 날짜는 3개월 전이었다. 정말로 맛있다고 느낀 날의 기억만 이 공책에 기록하고자 했을지도 모른다.

리이의 원점이, 내가 모르는 리이의 모든 모습이, 이 공책에 가득 쌓여있을 것만 같아서….

촉박한 시간에도 불구하고 나는 공책 속으로 빨려 들어갔다. 특히 리이와 함께 방문한 가게와 관련된 에피소드가 적힌 일기를 발견할 때마다 감회가 남달랐다.

3월 21일. 리이 10살.

엄마는 1년에 한 번씩 나랑 여행을 한다. 올해는 호텔타이요라는 곳에 갔다.

큰 수영장에서 엄청 놀았다. 워터 슬라이드가 너무 재밌어서 여러 번 탔다.

저녁밥은 무제한이었는데 게까지 있었다. 내가 게만 먹어서 엄마가 웃었다. 게는 평소에 자주 먹을 수가 없으니까 당연한 건데.

아, 맛있었다. 잘 먹었습니다.

5월 28일. 리이 11살.

오늘은 학교가 쉬는 날. 아침부터 미나토미라이에 가서 최고로 불리는 팬케이크를 먹었다.

폭신폭신하고 말랑말랑해서 지금까지 먹었던 팬케이크 중에서 가장 맛있었다. 하지만 밥을 좋아하는 나는 밥이랑 된장국이 나오는 아침밥이 더 좋다.

그래도 맛있는 건 맛있는 거라 엄마한테 집에서 만들어 보자고 했는데 "최고로 꼽히는 팬케이크를 집에서 만들 수 있을 리가 없잖아."하면서 엄마가 웃었다. 아쉽다.

아, 맛있었다. 잘 먹었습니다.

9월 15일. 리이 13살.

학교 친구들이랑 요요기 공원에서 열리는 태국 페스티벌에 다녀왔다. 잘생겨서 살짝 호감인 유야도 함께였다. 밥을 먹기 전에 사격 게임을 했는데 총알이 경품을 보기 좋게 비껴가기만 해서 분했다. 게다가 유야가 너무 못한다며 웃기도 했다. 젠장.

태국 음식은 전부 매웠지만 정말 맛있었다. 엄마한테 메뉴를 이야기했더니 인터넷에서 레시피를 찾아보고 집에서 만들어 준다고 하셨다. 기대돼.

아, 맛있었다. 잘 먹었습니다.

12월 26일. 리이 16살.

엄마와 함께 우구시마에 있는 스키장으로 여행을 갔다. 스노보드는 타 본 적이 없어서 처음에는 제자리에 서는 것도 무서웠지만 엄마에게 배운 뒤에는 어느 정도 탈 수 있게 되었다.

스키장에 있는 레스토랑에서 점심을 먹었다. 겔렌데에서 먹는 밥을 겔밥이라고 부른다던데 참 이상한 이름이다. 오리지널 토마토 라면이라는 독특한 메뉴가 있길래 그걸 먹을까 고민했지만 역시 스테이크 덮밥을 먹기로 했다. 스테이크니까. 양이 많았지만 스노보드를 탄 후라서 남기지 않고 먹을 수 있었다.

아, 맛있었다. 잘 먹었습니다.

2월 22일. 리이 20살.

미호와 유이랑 함께 술을 마시러 갔다. 세 명 모두 스무 살이 되어 합법적으로 술을 마실 수 있게 된 기념이었다. 우리가 간 곳은 저렴하면서 맛있다고 평판이 자자한 닭꼬치 구이 체인점. 요즘 감성은 제로였고 술이 맛있는지 어떤지도 잘 느끼지 못했지만 닭꼬치 구이는 정말 맛있었다.

친구들이랑 연애 이야기와 학교 수업에 대한 불평불만을

털어놓으면서 수다를 떠는 게 즐거웠기 때문에 더욱 맛있게 느껴졌을지도 모른다.

여러모로 딱 적당했기에 다음에 셋이 만날 때도 이 가게가 좋겠다고 이야기하면서 헤어졌다.

아, 맛있었다. 잘 먹었습니다.

리이가 소중한 사람과 식사를 즐겼던 날의 일기가 끊임없이 적혀 있었다. 하나같이 "아, 맛있었다. 잘 먹었습니다."라는 문장으로 일기를 끝맺었다.

지금보다 어리고 앳되었을 시절의 리이 모습을 상상했다. 동시에 리이와 함께 갔던 가게에 관한 이야기를 보니 그때의 광경이 선명하게 그려졌다. 손 쓸 새 없이 눈물이 차올랐다.

또 하나, 일기를 읽으면서 나는 무언가를 눈치챘다. 공책의 줄이 그어진 선 바깥에 날짜와 함께 '아침', '점심', '저녁' 중 어느 하나가 적혀 있었다.

어떤 페이지를 봐도 새로운 글씨체로 쓰여 있었고 날짜는 모두 11월 아니면 12월. 다시 말해 최근 한 달 사이의 날짜였다.

그걸 보고 나는 확신했다. 이건 리이가 여명백식에 걸렸다고 선고받은 후에 언제 어떤 타이밍에 가게를 방문할지

적어 넣은 메모다.

나는 서질게 공책을 넘기며 오늘 날짜와 '저녁'이라고 적힌 일기를 찾았다. 지금 바로 도쿄로 돌아간다고 해도 저녁 식사 시간대에 도착할 수 있었다.

"…있다."

나도 모르게 중얼거렸다.

찾았다. 오늘 날짜와 '저녁'이라고 적힌 일기를.

7월 10일. 리이 10살.

오늘은 엄마 생일. 엄마 생일날 점심을 먹으러 항상 가는 가게가 있다. 집에서 가까운 키친키무라라고 하는 양식집이다.

반찬은 메뉴에서 두 개 고를 수 있는데 나는 데미글라스 햄버그스테이크랑 야채 그라탱을 골랐다.

여기 밥은 정말 맛있는데 양이 너무 많아서 항상 남긴다. 그런데 이번에는 처음으로 다 먹었다!

엄마가 "잘했어!" 하고 칭찬해 줬다. 너무 많이 칭찬해서 가게 아저씨가 "엄마 생일이 아니라 리이 생일 아냐?" 하고 웃었다.

아, 맛있었다. 잘 먹었습니다.

리이가 오늘 저녁에 방문할 가게. 그곳은 네리마구에 위치한 푸짐한 정식 메뉴를 파는 '키친키무라'라는 양식집이었다.

서둘러 수도권으로 돌아온 나는 오이즈미 인터체인지에서 빠져 내비게이션이 가리키는 '키친키무라'로 차를 몰았다.

고속도로를 빠져나와 신호를 기다리는 타이밍에 인터넷에서 가게 정보를 찾아보니 주택가에 위치한 개인이 운영하는 가게였고, 주차장이 따로 없다고 했다. 가게에서 가장 가까운 주차장을 검색하여 내비게이션을 다시 맞추고 차를 출발시켰다.

마침 주차장이 비어 있어서 차를 세운 뒤 걸음을 재촉하여 양식집으로 향했다. 저녁 8시가 넘어가고 있었다. 술을 마시지 않고 저녁을 먹기에는 살짝 늦은 시간이다.

하지만 리이는 틀림없이 여기에 있다. 나는 확신했다. 물론 리이가 벌써 밥을 다 먹고 가게를 나왔을 가능성도 무시하지 못했다. 일분일초라도 빨리 리이를 만나고 싶은 나는 리이가 느긋하게 식사하고 있기만을 바랐다.

시린 손끝으로 스마트폰 화면을 터치해 더듬더듬 지도를 확인하면서 어찌저찌 가게를 발견했다. 2층짜리 건물의

2층에 위치한 가게의 창문에는 "밤 10시까지 영업!!!", "수제 햄버그스테이크와 양식 팝니다"라고 커다랗게 적힌 종이가 붙어 있었다.

제발 리이와 만나게 해 주세요.

이럴 때만 찾는 믿지도 않는 신에게 간절히 기도하며 가게 문을 열었다.

출입문을 열자 바로 계산대가 보였다. 계산대 안쪽에는 주인으로 보이는 중년 남자가 있었다. 그리고 카운터 너머로 남자와 마주 보고 대화하고 있는 사람은….

"리이, 오랜만이네. 여전히 먹는 것만 봐도 배부르구먼."

"햄버그스테이크가 맛있는 걸 어떡해요."

그 목소리에 가슴이 고동쳤다. 리이가 매고 있는 배낭에는 못생긴 고양이 키홀더가 대롱대롱 매달려 있다. 내가 태국 페스티벌 사격 게임에서 손에 넣었던 그 경품이다.

씩씩하면서도 명랑한 목소리다. 앞으로 며칠 뒤에 목숨을 잃는다고 도저히 생각할 수 없을 정도로 생기발랄한 목소리. 뒷모습만 보였지만 어떤 표정을 짓고 있는지 생생하게 그려질 정도로 눈에 훤했다.

질리도록 들었던 목소리인데, 어째서 이렇게 그립고 마음에 사무치는 걸까.

"그러고 보니 어머니는? 항상 같이 왔잖아."

"아…. 일이 바쁘셔서요. 안 그래도 같이 오고 싶어 하셨는데."

"그래? 다음에 또 와."

"네. 다음에는 같이 올게요."

괴롭고 안타까운 거짓말이다. 리이는 두 번 다시 이 가게에 올 수 없다. 엄마와 함께 가게에 오는 리이의 모습을 상상할 주인아저씨가 나는 진심으로 부러웠다. 아무것도 모를 그 아저씨가.

"아, 맛있었다. 잘 먹었습니다! 그럼… 안녕히 계세요."

특유의 멘트를 하고 리이는 주인아저씨에게 등을 돌려, 나와 맞닥뜨렸다. 아연실색한 리이는 그 자리에 못 박힌 듯 멈춰 섰다.

"토우… 야…."

살짝 잠긴 목소리로 겨우 뱉어낸 내 이름. 이제 영영 들을 수 없을지도 모른다며 두려워했던 그 목소리를 들은 순간, 내 감정이 넘쳐흘렀다.

나는 다른 사람의 시선은 아랑곳하지 않고 리이를 끌어당겨 품에 안았다. 아담한 가게의 자리 대부분을 차지한 중년의 남녀 무리가 "대범한데!", "젊은 게 좋아." 하고 놀리는 소리가 들렸다.

뭐라고 해도 좋았다. 지금의 나에게는 아무래도 좋을

사소하디사소한 이야기였다. 다시 만나면 쉬지 않고 잔소리들을 각오나 하라느니, 가만두지 않겠다느니 하는 생각으로 가득했는데, 리이의 얼굴을 보자마자 그런 감정은 순식간에 사라지고 내 앞에 있는 리이의 존재를 확인하고 싶다는 바람이 마음속 빈자리를 꽉 채웠다.

할 수만 있다면, 이대로 평생 있을 수만 있다면, 그런 바보 같은 생각이 머릿속에서 떠돌았다.

나는 리이를 품에 안은 채 힘겹게 띄엄띄엄 말을 이었다.

"…마지막까지. 마지막 순간까지 함께 여행하게 해줘."

"…읏…."

내 품에 안긴 리이에게서 애써 오열을 참는 듯한 소리가 새어 나왔다. 리이의 얼굴에서 축축한 기색이 느껴졌다. 눈물을 흘리는 듯했다.

그렇게 울 거면서 왜 나를 떠난 거야.

새삼스럽지만 한결같이 이해하기 어려운 녀석이다. 리이의 그런 면을 "정말 못 말린다니까." 하고 사랑스럽게 나무라면서 나는 한동안 리이를 안아주었다.

"갑자기 사라진 이유가 뭐야?"

리이와 나는 양식집을 나와 일단 차로 돌아왔다. 운전석에 앉은 뒤 옆자리에 앉은 리이에게 물었다. 리이는 살짝 고개를 숙이고 곤란한 듯한 표정으로 대답했다.

"…이럴 계획이 아니었으니까."

말뜻을 전혀 이해하지 못한 내가 아무 말 없이 고개를 갸웃하자 리이가 이어서 말했다.

"설명하자면 옛날이야기부터 해야 해. 이래 봬도 처음 병에 걸렸다는 이야기를 들었을 때 얼마나 우울했는지 알아? 눈앞이 깜깜했어. 앞으로 백 끼 먹고 죽을 바에야 차라리 지금 죽어도 상관없지 않나? 라는 생각도 들고. …그러다가 어차피 죽을 거 인생 마지막으로 주어진 백 번의 식사는 기왕이면 맛있게, 잔뜩 먹고 죽어야겠다고 생각을 고친 거야. 임상 실험을 위해 병과 관련된 내 데이터를 제공하면 돈도 꽤 많이 받을 수 있다고 하니까 자연스럽게 그런 생각이 들었어."

"…응."

조금 전 '이럴 계획이 아니었다'라는 발언과 이 이야기가 어떻게 연결되는지 아직은 전혀 짐작되지 않았다.

이제 두 번 다시 들을 수 없을지도 모른다고 생각한 리이의 목소리를 듣는 것만으로도 행복했다. 천천히 그리고 차분히 리이의 목소리에 귀를 기울였다.

"앞으로 백 끼만 먹을 수 있으니까 맛이 보장된 가게에 가야겠다 싶었지. 그러면 아무래도 가 본 적이 있는 곳에 가는 게 좋잖아. 그래서 되도록 블로그에 올렸던 가게랑 일기에 쓴 가게에서 밥을 먹기로 한 거야."

리이는 대시보드에 놓인 자신의 공책을 슬쩍 보았다. 이미 함께 주차장으로 걸어오면서 사라진 리이를 어떻게 발견할 수 있었는지 자초지종을 설명한 터였다.

"설마 그렇게 나를 찾을 줄이야…."

리이는 혀를 내둘렀다. 참고로 나 몰래 료칸아이즈를 체크아웃하기 직전에 리이는 공책이 사라진 것을 깨닫고 필사적으로 찾았던 모양이다.

하지만 내가 알아차리기 전에 료칸을 떠나고 싶었고 앞으로 갈 예정인 가게는 이미 기억하고 있으니 공책 찾기를 포기했다고 한다.

"막상 혼자서 밥을 먹으니까 지루한 데다가 맛있지도 않은 거야. 처음에 몇 번 혼자 밥을 먹다가 생각했지. 역시 다른 사람이랑 맛있다, 맛있다 하고 그때그때의 기분을 공유하면서 밥을 먹어야겠다고 말이야."

"…그랬구나."

"그렇지만 가족이나 친구가 이런 나랑 즐겁게 밥을 먹을 수 있을 리가 없잖아. 죽을병에 걸린 가족이나 친구랑 하하호호 웃으면서 밥을 먹는다? 내가 반대 입장이어도 절대 못

해. 다짜고짜 앞으로 며칠 동안 밥 좀 같이 먹어달라고 부탁할 수도 없는 노릇이고. …그러다가 혹시 나를 전혀 모르는 사람이면 괜찮지 않을까 생각했어."

"나한테 말 걸면서 그런 얘기 했었지."

리이와 처음 만났을 때 지금과 같은 이야기를 하면서 나를 살살 꾀었던 것을 기억한다.

"응. 하지만 정작 그때는 그렇게 한가하고 팔자 좋은 사람이 어디 있겠냐며 반쯤 포기하고 있었거든. 그런데 토우야를 처음 봤을 때 머리는 덥수룩한 데다가 무슨 수도승처럼 경건한 표정으로 밥 먹고 있었던 거 알아? 이 사람이라면 병을 고백해도 담담하게 반응할 것 같다는 촉이 왔어. 얘라면 가능성 있겠다. …만약 이번에도 거절당하면 그냥 마지막까지 혼자 밥 먹다가 죽자고 생각했지."

"뭐…? 나한테 그런 큰 기대를 걸었다고?"

설마 그때 그토록 무거운 임무가 걸려 있었을 줄이야.

"후후, 몰랐지? 이야기해 보니 상상했던 대로 냉정하고 심지어 남는 게 시간인 백수라잖아. 얘를 놓치면 끝이라는 생각에 다급해졌지 뭐야. …생긴 게 내 취향이 아니었던 점도 한몫했고. 그때 토우야한테 이성적인 매력은 눈곱만큼도 느껴지지 않았거든."

"무슨 뜻이야?"

"남자 친구 따위 안 만들겠다고 결심했었단 말이야. 그런 거에 신경 쓸 시간도 마음의 여유도 없었는걸."

여명백식. 다시 말해 남은 시간은 약 한 달 남짓. 그동안 새로운 사랑을 하고 싶지 않다고 생각하는 건 당연하다.

상황을 고려했을 때 사랑이 무르익을 가능성이 현저히 낮다. 요절할 여자아이의 마음을 받아들이기에는 너무나 짧은 시간이다. 제대로 된 남자라면 뒷걸음질 칠 테고 답 없는 남자라면 어떻게 한번 해 보려고 적당히 달콤한 말을 속삭이겠지. 아마도 이 세상에 존재하는 남자의 99퍼센트가 그 둘 중 하나에 속할 것이다.

어느 쪽이든 상처받는 결말로 끝나는 사랑이다.

나 또한 리이와 사귀려는 목적으로 여행에 동참하겠다고 결정한 게 아니다. 죽음에 얽힌 트라우마를 안고 있지만 않았어도 양심에 켕겨 리이와 결코 엮이지 않았을 것이다. 즉 나 역시 99퍼센트에 해당하는 남자였다.

…지금이야 나머지 1퍼센트가 되어 버렸지만.

"우리가 만난 다음 날 토우야 머리 자르고 나타났잖아. 의외로 잘생겨서 솔직히 조금 망했다고 생각했어. 그래도 나는 담백하게 생긴 사람을 좋아하니까 별일 없을 거라고 자기 최면을 걸었지. 나한테 남은 시간은 짧았고 여행을 함께할 수 있는 조건이 맞는 사람이 다시 나타난다는 보장도

200

없었으니까."

그러고 보니 리이는 소금상인 유키토가 취향이라고 했었다. 그 생각을 하니 살짝… 아니, 꽤 열받았다.

"그런데 토우야가 계속 내 예상에서 빗나가잖아."

리이가 뾰로통하게 성을 냈다.

"응…?"

"좀 더 우유부단하고 소극적이고 아무 생각 없이 내 부탁을 들어주는 줏대 없는 애라고 생각했는데 완전 잘못 짚었어. 말수는 적어도 자기 기준 확실하고 알게 모르게 배려도 해주지, 솔직히 성격도 쿨해. 몸은 또 마른 근육인 데다가 피어스까지 사 주고 말이야!"

"…하아."

따지는 말투인데 내용 자체만 들어보면 칭찬만 한 바가지다. 어떻게 반응하면 좋을지 몰라서 나는 애매한 대답만 흘릴 수밖에 없었다.

머리를 자른 나를 보고 "토우야 잘생겼네." 하고 퉁명스럽게 말했을 때가 기억났다. 또 다정다감하게 리이의 이름을 부르거나 수영이나 스노보드를 힘들이지 않고 적당히 해낼 때마다 리이가 불만스러운 표정을 지었던 것도.

흔히 말하는 남자답거나 이성에게 치이는 포인트를 내가 보일 때마다 리이는 언제나 야속하다는 기색을 비쳤다.

왜 그럴까 싶었는데 이제야 수수께끼가 풀렸다.

리이의 입장에서 내가 매력적인 건 난처한 일이다. 더 이상 사랑 따위 하지 않겠다고 마음먹은 리이의 입장에서는.

"그것도 모자라서 세계에서 알아주는 스노보드 선수라고? 저기요, 백수라고 하지 않으셨어요? 게다가 죽네 마네 할 정도로 크게 다쳐서 트라우마가 생겼으니 이제 못 타겠다고 한 마당에 내가 하늘을 나는 모습이 보고 싶다니까 무리하면서까지 보드를 타? 그렇게 멋있는 건 반칙이지! 정말 도대체 뭐냐고!"

"일단 감사합니다."

그렇게 멋있는 건 반칙이라는 말에 솔직히 기분이 좋아진 나는 웃음 지었다. 그러자 지금까지 연기하는 것처럼 풀죽은 표정을 유지하던 리이도 포기했다는 듯 슬며시 웃었다.

"…그래서 토우야 옆에 있는 게 무서워졌어. 토우야가 하프파이프에서 하늘로 날아오르는 모습을 보니까 이제 안 되겠다는 생각이 들었거든."

"이제 안 되겠다고…?"

"응. 토우야랑… 함께 있고 싶어졌거든. 앞으로도 언제까지나, 오랫동안 토우야와 함께하고 싶다는 바람이 생겼어. '여명백식이라는 병을 즐기다가 꽃처럼 아름답게 저물어야지!' 하고 겨우 결심했는데 점점 그 결심이 무너져 내렸어. 토우야 곁에 있고 싶지만 있을 수가 없었어. …죽고 싶지 않다는 마음이 깨어난 거야. 더 이상 외면하는 건 무리야."

리이의 목소리가 조금씩 떨리기 시작했다. 나는 한동안 아무 말도 할 수 없었다.

"고민 끝에 토우야를 떠나기로 한 거야. 내 마음을… 토우야에게 떠넘겨 곤란하게 만들고 싶지 않았으니까. 죽기 전에 다정하고 잘생긴 아이랑 즐겁게 지낼 수 있었으니까 그걸로 만족하자. 토우야도 당분간은 조금 찝찝해할지도 모르지만 내가 죽는 모습을 보지 않는다면 그렇게 충격이 크지는 않을 거야 하고 스스로에게 타일렀어."

"장난해? 말도 안 되는 소리 하지 마. 당분간 조금 찝찝해할지도 몰라? 이대로 다시 못 만났더라면 평생 마음에 담아 뒀을 거라고."

제멋대로인 리이의 변명을 듣고 나는 눈을 가늘게 떴다. 그러자 리이가 감격한 듯 입꼬리를 올리며 쭈뼛쭈뼛 물었다.

"평생? 토우야 나를 평생 마음에 담아 둘 거야…?"

"그럴 거야."

"설마 내가 후쿠시마에서 잃어버린 공책을 발견하고 찾으러 와 줄 거라고는 생각도 못 했어. 거기까지 나를 쫓아올 거라고는…. 나 토우야한테 기대해두 돼?"

거기까지 말한 리이가 잠시 입을 다물었다. 그리고 깊게 숨을 내쉰 후 이어서 말했다.

"내 마음이… 일방적인 게 아닌 거지? 내가 죽을 때까지 옆에 있어 줄 거지?"

리이가 촉촉해진 눈으로 나를 바라봤다. 나는 땅이 꺼질 듯 한숨을 토해 내고 지친 목소리로 말했다.

"지겨워 죽겠네."

리이가 어리둥절한 표정을 지었다.

"처음 만났을 때부터 종잡을 수가 없다니까. 자기가 먼저 다가왔으면서 갑자기 사라져 버리기나 하고. 나 진짜 화났어."

"미, 미안해."

리이는 진심으로 미안해하고 있었다.

"남자 친구인 척 행동해 달라고 하질 않나. 부상도 나았으니 하프파이프에서 보드를 타 달라고 하질 않나. 내 심정도 모르면서 막무가내로 부탁이나 하고. 진짜 제멋대로야."

"죄송합니다…."

"그런데 어쩌다가 네 생각만 하게 됐을까. 이렇게 제멋대로인데. …갑자기 남겨진 사람 기분이 어떨 것 같아. …죽을 때까지 옆에 있어 줄 거냐고? 처음부터 그럴 셈이었어.

몇 번을 거절당해도 도망쳐도 반드시 찾아낼 거야."

나는 장난치는 듯이 말했다. 리이의 눈이 커지고 볼이 발그스름해졌다. 하지만 곧바로 "흥!" 하고 과장되게 콧바람을 내며 평소처럼 익살맞게 맞받아쳤다.

"미안하게 됐네요! 종잡을 수 없는 데다가 제멋대로이기까지 하고 곧 죽는 사람이라서!"

"진심이야. 적어도 곧 죽지만 않으면 딱 좋을 텐데."

내 목소리에 눈물이 섞였다.

"그건 동감하지만."

그렇게 말하는 리이의 목소리도 떨리고 있었다.

서로에게 토를 달다가 나와 리이는 얼굴을 마주 보고 웃음을 터트렸다. 즐겁지만 마음속 깊숙한 어딘가에서 비통함이 소용돌이치는 묘한 시간이었다.

서로의 웃음소리가 한 단계 사그라들었을 때, 조용히 리이를 바라보자 리이가 시선을 겹쳐 왔다. 커다랗고 아름다운 두 눈에 살짝 물기가 어려 있었다.

리이를 향해 찬찬히 말했다.

"그러니까 얼마 남지 않은 시간 동안 리이 곁에 함께 있게 해 줘. 리이가 내 옆에서 사라지는 건 죽을 때만으로 족해."

"…응. 토우야, 나 죽고 싶지 않아. 토우야를 떠났을 때 이대로 만나지 못하고 죽는다고 생각하니까 너무 쓸쓸하고 괴로워서 견딜 수 없었어. …그래서 이렇게 다시 만나서 정말 행복해. 아직 죽고 싶지 않다고 발버둥 치면서 토우야랑 같이 있을래."

고개를 끄덕이는 리이의 눈동자에 방울방울 눈물이 차올랐다. 나는 그런 리이의 볼을 조심스럽게 어루만졌다. 그대로 자연스레 우리는 입술을 겹쳤다. 보드라운 리이의 입술은 따스한 온기를 머금고 있어서 리이의 체온이, 생명이 생생하게 느껴졌다.

지금 나눈 입맞춤을, 나는 분명 리이가 사라진 후에 땅을 치고 후회하겠지.

마침내 알게 된 사랑스러운 감촉. 두 번 다시 그 감촉을 맛볼 수 없게 된 내가 미친 듯이 리이의 따스함을 갈구할 게 불 보듯 뻔했다.

하지만 당장 눈앞에 존재하는 리이가 너무나 사랑스럽고 애틋해서 나는 가까이 다가갈 수밖에 없었다.

리이, 너에게는 아직 할 일이 남았어. 네가 만나고 싶었던 사람은 나뿐만이 아니잖아.

"일기를 읽고 생각했어. 리이가 해야 할 일이 남았어."

입술이 떨어진 뒤, 나는 리이와 재회하게 된다면 전하자고 결심한 이야기를 꺼냈다.

"뭐라고…?"

"가족을 만나러 가자."

나는 단호하게 리이에게 말했다.

앞으로 여섯 끼

11월 5일. 리이 19살.

엄마가 재혼하고 처음으로 셋이 함께 모인 다카히로 아저씨의 생일. 메뉴는 엄마가 만든 양배추 말이와 크림 스튜였다. 엄마의 요리 중 그 두 가지를 특히 좋아한다고 옛날부터 입이 닳도록 말했기 때문에 아저씨가 엄마에게 부탁한 것 같았다.

다카히로 아저씨의 생일이었는데 왜인지 이야기의 주인공은 나였다. "나중에 리이가 남자 친구 데려오면 만들어 주고 싶다. 기대되네." 엄마가 말하자 "남자 친구 데려온다고 생각하니까 조금 쓸쓸한걸." 하고 다카히로 아저씨가 미묘한 표정을 지었다.

당분간 남자 친구는 안 만들 예정이니 걱정하지 않으셔

도 될 것 같지만(푸핫).

엄마가 만든 양배추 말이와 크림 스튜는 온몸이 따뜻해질 정도로 뜨끈했고 변함없이 다정한 맛이 났다.

아, 맛있었다. 잘 먹었습니다.

리이와 내가 재회하고 이튿날인 토요일 저녁, 우리는 도쿄 시내의 조용한 주택가를 나란히 걸어갔다.

리이는 언제나 파카나 긴 티셔츠처럼 캐주얼한 옷을 입었지만, 오늘은 오프 화이트색 드레이프 원피스 차림이다. 화장도 평소보다 정성스럽게 하고 머리도 끝까지 구불구불 웨이브를 넣었다.

원피스는 조금 전 이케부쿠로역에 있는 쇼핑몰에서 함께 고른 옷이다. 심플하지만 보디라인이 드러나는 디자인으로 팔다리가 길고 얼굴이 작은 리이에게 무척 잘 어울렸다. 항상 동성 친구와 외출하듯 무난하게 옷을 입던 리이가 이토록 여성스럽게 꾸민 모습을 보니 예고 없이 내 심장이 두근두근 뛰었다.

남자 친구를 소개하는 자리 삼아 리이의 본가를 방문하기 위해 제대로 느낌을 내기로 했다. 그래서 항상 스포츠 브랜드 스폰서에게 받은 옷을 돌려 입는 나도 검은 재킷을 걸쳤다.

"엄마한테 남자 친구 데려간다고 하니까 엄청나게 놀라면서도 좋아하더라."

걸어가면서 리이가 말했다. 앞으로 사흘도 채 유지할 수 없는 허무한 관계인데도 그저 흐뭇해 보였다.

나는 비통함을 애써 억누르면서 "그래?" 하고 최대한 밝게 웃었다. 앞으로 사흘 동안 리이의 앞에서 행복한 남자 친구처럼 행동하기로 이미 굳게 마음먹었다.

리이의 본가는 2층 높이까지 키가 자란 나무가 상징처럼 우뚝 솟아 있는 단독주택이었다. 예전에는 이 근처에 있는 임대 아파트에서 엄마와 단둘이 살았는데 엄마가 재혼하는 동시에 새롭게 집을 지었다고 했다. 모던한 디자인이 돋보이는 세련된 외관이었다.

인터폰을 누르니 얼마 지나지 않아 안쪽에서 문이 열렸다. 우리를 보자마자 얼굴에 환히 웃음꽃이 핀 여자와 그 옆에 선 자상해 보이는 남자가 리이와 나를 반겼다.

두 분 모두 40대 후반 정도 되어 보였다. 리이의 어머니인 유리 아주머니는 리이가 잔주름이 생기고 머리를 짧게 자르면 이런 모습이지 않을까 싶을 정도로 리이와 똑 닮은 모습이셨다. 결코 두 눈으로 볼 수 없는 수십 년 후의 리이의 모습을 본 듯한 기분이 들어서 또다시 마음이 따끔따끔 쓰라렸다.

푸근한 인상을 자랑하는 아저씨는 니트와 면바지를 산 뜻하게 소화했고 근면 성실한 이미지를 풍겼다.

"엄마! 다카히로 아저씨! 나 왔어."

리이가 방싯거리며 인사하자 유이 아주머니가 살짝 나 무라는 듯이 웃었다.

"어서 와. 얘도 참! 자취 시작하고 나서 연락 한 번 없니. 웬일로 전화를 다 하나 싶었는데 남자 친구 데려온다고 해 서 얼마나 놀랐는 줄 알아!"

"별일 없으면 됐지. 리이랑 남자 친구 둘 다 잘 왔다."

속사포처럼 쏟아내는 유리 아주머니를 다카히로 아저 씨가 다정하게 어르고 달랬다. 정반대이지만 호흡이 맞는, 정말로 잘 어울리는 한 쌍의 부부였다. 두 분의 애정이 듬뿍 어린 미소에서 리이가 부모님께 진심으로 사랑받고 있다 는 게 단번에 느껴졌다.

"후후, 드디어 남자 친구를 데려왔지! 토우야라고 해. 인 사 나눠."

"…무로사키 토우야입니다. 잘 부탁드립니다."

리이의 소개에 맞춰 나는 꾸벅 고개를 숙이며 자기소개 를 했다.

"어머, 그렇게 딱딱하게 굴지 않아도 괜찮아. 어서 들어 오렴."

"그래. 조금 이르기는 하다만, 저녁도 다 차려놨어."

일른 안으로 들어오라는 두 분의 말씀에 "실례하겠습니다." 하고 양해를 구한 후 집으로 들어갔다.

저녁 식사를 준비해 두고 밝게 웃으며 우리를 환영하는 아주머니와 아저씨를 보자, 리이는 정말 화목한 가정에서 자랐구나 싶은 생각에 마음이 한없이 몽글몽글해졌다.

다이닝 테이블 위에 리이가 좋아하는 양배추 말이와 크림 스튜가 위풍당당하게 자리잡고 있었다. 막 구운 듯 먹음직스러운 냄새를 풍기는 롤빵과 생햄이 올라간 아보카도 토마토 샐러드까지, 상다리가 부러질 정도로 호화로운 음식이 가득했다.

다카히로 아저씨가 건배를 하기 위해 샴페인을 준비했지만, 지금 술을 마실 수 없는 리이는 "오늘은 안 마실래!" 하고 가볍게 거절했다.

리이를 따라 나도 사양할까 고민하다가 리이에게 거절당한 다카히로씨가 몹시 아쉬워했기에 딱 한 잔만 받기로 했다.

"자, 그럼 거언배애!"

리이가 맥 빠진 목소리로 건배를 외쳤다. 네 명이 함께 유리잔을 부딪쳤지만 유일하게 리이의 유리잔에만 우롱차가 담겨 있는 모습을 보니 역시나 마음이 욱신거렸다.

메인 메뉴인 양배추롤과 크림스튜 모두 감탄이 나올 정도로 맛있었다. 단순히 맛만 있었던 게 아니다. 음식을 한입씩 맛볼 때마다 출처를 알 수 없는 깊은 평온함이 느껴졌다. 정답고 포근한 무언가가 온몸을 감싸는 듯한 감각. 애정이 듬뿍 담긴 가정식은 먹는 사람에게 좋은 맛 이상의 행복을 선사한다.

"한 달 동안 어쩜 전화 한 통 안 하는 거야. 보낸 메시지에 답장은 왔지만 단답이거나 이모티콘만 보내고…. 얼마나 걱정했는데!"

식사가 시작되자마자 유리 아주머니가 리이를 가볍게 타박했다. 하지만 마치 연기하는 것처럼 과장된 말투에서 친근감과 애정이 묻어나왔다.

"하하…. 이렇게 왔으니 다행이잖아. 게다가 남자 친구인 토우야도 데려오고."

유리 아주머니와 반대로 다카히로 아저씨는 서글서글한 목소리로 침착하게 말했다.

"그렇기는 하지. 아! 혹시 토우야랑 알콩달콩 하느라 바빠서 연락 안 한 거야?!"

장난기 가득한 표정으로 묻는 유리 아주머니의 모습이 어딘가 리이와 닮아 보였다. 모녀는 모녀구나 싶었다.

"에헤헤. 엄마도 재혼했으니까 다음은 내 차례지."

리이가 멋쩍게 웃었다. 영영 찾아오지 않을 미래를 이야기하는 리이의 심성을 벌쳐내려고 애쓰며 나는 애매하게 미소 지었다.

"잠깐만. 리, 리이 아직 스물둘 아냐…? 마음의 준비가…."

다카히로 아저씨의 얼굴이 새파랗게 질렸다. 리이가 미리 알려준 다카히로 아저씨와 유리 아주머니 이야기가 떠올랐다.

10년 전, 리이의 친아버지가 돌아가시고 잠시 애도의 시간을 가진 뒤 일하기 시작한 유리 아주머니의 근무처 동료 직원이 다카히로 아저씨였다.

다카히로 아저씨는 유리 아주머니에게 한눈에 반했는데 몇 번이나 거절당해도 포기하지 않았다고 한다. 시간이 꽤 흐르고 기어이 그 뚝심에 넘어간 유리 아주머니는 아저씨와 교제를 시작했고 재혼하기 전부터 리이와 함께 셋이 종종 만나기도 했던 모양이다.

리이가 넌지시 결혼 뉘앙스를 흘리자 굉장히 동요하는 다카히로 아저씨에게서 리이를 친딸처럼 여기는 마음이 느껴졌다.

리이는 아직 여명백식에 걸린 사실을 두 사람에게 고백하지 않았다. 사실을 아는 순간, 이 가족은 헤어 나올 수 없는 절망에 휩싸일 것이다.

오늘, 리이는 평소처럼 즐겁게 유리 아주머니가 만든 음식을 먹고 나서 병을 털어놓겠다고 이야기했다. 하지만 딸의 미래가 앞으로도 수십 년을 넘어 계속되리라 믿어 의심치 않는 두 분을 보니, 내 심장은 시도 때도 없이 시큰거렸다.

"결혼하기에는 너무 빠르지 않니?" 하고 다카히로 아저씨의 안색이 창백해지는 것도 리이가 아무 탈 없이 나이를 먹는다는 것을 대전제로 한다. 두 분의 입에서 미래를 암시하는 말이 나올 때마다 심장이 더욱더 쿵쾅거렸다.

"리이, 정말 결혼하려고? 엄마는 찬성! 토우야 멋있잖아. 제멋대로인 모습 들키기 전에 빨리 해치우자."

"…죄송합니다. 이미 알고 있어요."

구렁이 담 넘어가듯 얼버무리는 유리 아주머니의 말에 나는 피식 웃으며 대답했다.

오랜만에 딸과 함께하는 시간을 즐기는 아주머니의 기분이 산산조각 나지 않도록 무난한 농담을 던지며.

"잠시만 토우야, 그거 무슨 뜻이야?"

리이가 가자미눈을 떴다. 나는 시선을 피하며 샐러드를 접시에 덜었다.

"그래? 토우야가 리이를 무척 좋아하나 보네. 이렇게 칠

칠치 못한 애인데 정말 괜찮겠어? 후회 안 할 자신 있지?"

유리 아주머니가 서늘 경고하며 물었다.

"하하…."

내가 얼렁뚱땅 넘기려고 하자 리이가 뾰로통해 했다.

"엄마 너무해!"

"아무리 생각해도 리이가 이런 쿨한 훈남을 집에 데려온 게 믿기지 않아서 그래."

"그게 딸한테 할 말이야…?"

정말 면목이 없다고 생각하는 듯 유리 아주머니가 겸연 쩍게 웃으며 머리를 긁적였다.

"아하하, 미안해. 둘이 어떻게 만났어?"

"내가 먼저 꼬셨지. 지금 한가해? 이러면서."

태연하게 폭탄 고백을 한 뒤 리이는 빵을 덥석 물고 우 물우물 씹었다.

"먼저 꼬셨다고…?!"

다카히로 아저씨가 기절초풍했다. 리이가 그런 행동을 할 만큼 당돌한 성격이라고 생각하지 않았던 모양이다. 유 리 아주머니도 깜짝 놀란 듯이 눈을 크게 떴다.

먼저 꼬셨다… 라. 틀린 이야기는 아니지만….

"뭐…. 일단은 그렇습니다."

첫 만남을 회상하며 내가 열없어 하니 리이가 장난스레

웃었다.

"에헷, 자세한 이야기는 비밀!"

"뭐야, 궁금하잖아."

"그게 중요한 게 아니야. 토우야 진짜 대단한 스노보드 선수라니까?!"

유리 아주머니가 미간을 찌푸리고 추궁했지만 화제를 돌리고 싶었던 리이는 느닷없이 내 정체를 공개했다. 딱히 숨길 필요는 없었으니 상관없었지만. 다카히로 아저씨가 "아하!" 하더니 뭔가 생각났다는 듯 손뼉을 쳤다.

"안 그래도 토우야를 어디서 본 것 같다고 생각하던 참이야. 혹시 올림픽에 나가지 않았나?"

"오, 올림픽이라고?!"

유리 아주머니가 화들짝 놀라며 말했다. 연배가 높을수록 관심을 두고 올림픽을 챙겨 본다. 두 분 중 한 분 혹은 두 분 모두 나를 알고 있을지도 모른다고 어렴풋이 예상은 했었다.

나는 당황하지 않고 솔직하게 대답했다.

"네. 하프파이프에서 동메달을 땄어요."

"역시 그랬군! 결승전 봤단다."

"우리 딸 남자 친구가 그렇게 굉장한 사람이었어? 토우야, 혹시 다음에 메달 보여줄 수 있니?"

"물론이죠."

올림픽 메달리스트라는 이야기를 듣고 흥분한 유리 아주머니의 부탁에 나는 미소를 띠며 고개를 끄덕였다.

그러고 나서 한참 동안 내가 어떻게 자랐는지, 리이가 어떻게 지냈는지(물론 대부분 거짓말이었다)를 중심으로 유리 아주머니와 다카히로 아저씨와 즐겁게 대화를 나눴다.

잔뜩 신이 난 유리 아주머니와 차분하고 온화한 다카히로 아저씨. 화기애애한 가족의 표본인 듯한 세 사람.

틀림없이 리이는 그동안 쭉 두 사람을 만나고 싶었을 것이다. 여명백식이라고 선고받은 날부터 보고 싶어서 만나고 싶어서 견딜 수 없었을 것이다. 일분일초라도 오래도록 두 사람과 함께하고 싶었을 것이다.

어제 리이와 재회한 뒤 "가족을 만나러 가자."라고 제안하자 리이가 말했다.

"토우야랑 만났을 때 '겨우 재혼해서 마음 편히 지내는데 괜히 죽는다는 말을 꺼내서 불효자가 되고 싶지 않다.'라는 식으로 말했던 거 기억해? …사실 센 척한 거야. 미안해."

"응."

진작에 눈치챘던 나는 고개를 끄덕였다.

"토우야를 떠난 거랑 같은 이유야. 점점 죽는 게 무서워질 테니까 가족을 만나고 싶지 않았어. 다정하게 대해 준다면, 엄마랑 아저씨가 슬퍼한다면, 떨어지고 싶지 않다고 죽고 싶지 않다고 생각할 게 뻔하잖아. …나 진짜 이기적이지? 갑자기 내가 없어지는 것만큼 엄마랑 아저씨 마음에 못 박는 일이 없는데. 내가 죽고 나서 두 사람의 기분이 어떨지 생각도 못 했어."

리이는 서글프게 웃으며 복잡한 심경을 토로했다. 이렇게 생각하는 리이가 과연 이기적인 걸까. 물론 나 역시 처음에 이야기를 들었을 때는 이런 상황에서 부모님에게 입 다물고 있다니, 자기 좋을 대로만 행동한다고 생각했다.

사정을 알리지 않는다면 "왜 아무 말도 안 했어!" 하고 아주머니가 이미 숨을 거둔 리이를 붙잡고 울부짖을 게 틀림없었다.

하지만 무엇보다 중요한 건 리이 본인의 마음이다. 누구보다 힘들고 괴로운 사람은 리이일 테니까.

"…그래도 사실 만나고 싶지? 죽기 전에 단 한 번이라도."

내 말에 리이는 천천히 고개를 끄덕였다.

"응. 토우야와 떨어졌을 때 깨달았어. 역시 내가 사랑하는 사람들을 만나고 나서 죽고 싶어. 어차피 토우야 때문에 이미 죽는 게 무서워졌는걸. 그러면 가족들이랑 토우야가 슬퍼해도 모두에게 둘러싸여서 죽을래."

그런 연유로 우리는 리이의 본가를 방문하기로 결신한 것이다.

'리이의 맛있는 일기' 공책에도 적혀 있던, 언젠가 리이가 남자 친구를 데려오는 순간을 꿈꿔 온 유리 아주머니의 소원을 이루어주고 싶은 리이의 바람도 한몫했다.

그리고 지금, 리이와 시시콜콜한 화제로 대화하는 유리 아주머니는 정말이지 즐거워 보였다. 이따금 사랑스럽다는 듯 반달눈을 만들며 외동딸을 바라보았다.

내 심장은 이미 얼어붙은 듯했다.

"아, 맛있었다. 잘 먹었습니다!"

테이블 위에 빼곡히 올라온 사랑이 담긴 갖가지 음식이 대부분 바닥을 보일 무렵, 리이가 평소처럼 그 멘트를 입에 담았다.

기어이 올 것이 오고야 말았다.

"엄마, 다카히로 아저씨. 나 할 말이 있어."

리이가 단호한 표정으로 이야기를 시작했다. 이야기를 들은 유리 아주머니는 "거짓말이지? 농담이 지나쳐." 하고 경련하듯 입가를 바들바들 떨었다.

하지만 병원 로고가 찍힌 진단서를 보여주면서 병을 진단받고 현재에 이르기까지의 경위, 여명백식 환자의 병 진행 과정 등을 리이가 자세히 설명하는 동안 아주머니의 표정은 점차 굳어졌다.

그리고 리이가 "앞으로 여섯 끼… 아, 지금 밥 먹었으니까 이제 다섯 끼구나. 다섯 끼만 먹으면 나는 죽어." 하고 고백한 순간, 와아악! 하고 소리를 지른 유리 아주머니가 그 자리에서 쓰러져 울음을 터트리고 말았다. 한동안 아주머니는 울부짖으면서 제대로 말을 이어가지 못했다.

"왜, 리이가…! 어째서!"

그런 말들을 토해내며 유리 아주머니는 오열했지만, 수명이 얼마 남지 않을 때까지 입 한 번 벙긋하지 않은 리이를 탓하는 말은 단 한마디도 하지 않았다.

22년 동안 리이를 키우고 함께 지낸 어머니다. 시한부라는 걸 알게 된 딸의 심정 따위 손바닥 보듯 훤하게 알고 있을 터이다.

울다 지친 유리 아주머니를 리이가 침실로 모셔 갔다. 거실과 다이닝 키친 옆에 위치한 침실에서 드문드문 희미하게 소리가 들렸다. 대화 내용까지는 들리지 않았지만, 아마도 엄마와 딸이기에 나눌 수 있는 이야기를 하고 있겠지.

나는 저녁 식사를 정리하는 다카히로 아저씨를 도왔다. 그러나 설거지를 끝내고 테이블도 깨끗하게 닦아 마무리한 지금, 우리가 할 일은 더 이상 없었다.

아저씨와 나는 다이닝 테이블에 마주 보고 앉았다. 침실에서 유리 아주머니가 흐느껴 우는 소리가 또다시 들렸다.

이야깃거리를 마땅히 찾지 못해 입을 꾹 다물고 있는데, "…토우야." 하고 다카히로 아저씨의 갑작스러운 부름이 들렸다. 나는 "네." 하고 대답했다.

다카히로 아저씨는 리이가 병을 설명하기 시작했을 때부터 묵묵히 듣고만 있었다. 아저씨 또한 참담한 건 마찬가지일 텐데. 친딸의 예고된 죽음을 듣고 무너져 내린 유리 아주머니 앞에서 비통을 내비치기 어려웠을 것이다.

다카히로 아저씨가 서글프게 웃으며 말했다.

"갑자기 든 생각인데, 리이와 만난 게 그렇게 오래되진 않았지?"

어떻게 알았을까. 연인 사이라기에 어딘가 어색했던 걸까. 나는 불안해졌다.

"왜 그렇게 생각하셨나요?"

"막 서로 마음을 확인한 참인지 마냥 즐거워 보였거든."

의외의 대답이 돌아왔다.

…아마 그럴지도 모른다. 리이와 함께 있는 시간이 분에 겨울 정도로 행복했다. 하지만 이 시간도 곧 막을 내린다. 내 마음속에서 반짝이는 행복과 끝없는 절망이 반반씩 땅따먹기를 하고 있었다.

"한 달 전쯤, 그러니까 리이가 병에 걸린 후에 만났습니다."

"짐작대로구나. …내가 리이를 처음 만났을 땐 굉장히 미움받았는데 말이야. 그때 리이는 아직 중학생이었어."

쓸쓸하게 미소 짓는 다카히로 아저씨의 눈이 당시를 회상하는 듯 가늘어졌다.

"돌아가신 친아버지가 리이의 마음속에 유일한 아버지였는데, 그 자리를 생판 모르는 아저씨가 차지하려고 했으니 당연해."

"…그럴 수도 있죠."

"'으악! 아저씨 저리 가!' 그랬다니까. 리이가 허락하면 리이 엄마… 유리 씨와 재혼할 생각이었는데, 이래선 꿈도 못 꾸겠구나 싶어서 얼마나 기가 죽었던지."

예쁘장한 얼굴을 찌푸리며 다카히로 아저씨에게 독설을 날리는 리이의 모습이 쉽게 상상됐다. 꾸밈없고 사랑스러운 중학생 리이의 모습이.

"리이는 유리 씨도 야속했나 봐. 아버지가 아닌 사람과 재혼을 고려하는 유리 씨에게 불만을 토로한 모양이야. 유리 씨가 나한테 '리이가 아빠는 이제 잊었냐고 하더라.'라든지 '나보고 해도 해도 너무하대.' 같은 말을 자주 했거든."

사춘기 시절 풋풋하고 순수했던 리이는 분명히 유리 아주머니가 돌아가신 아버지를 평생 사랑하기를 바랐을 것이다. 남겨진 사람의 괴로운 마음을 미처 헤아리지 못했을 것이다.

"고등학교 생활이 반쯤 지났을 무렵, 리이가 마음의 문을 열기 시작했단다. 정말로 아주 조금씩, 조금씩 문이 열렸어. 생일 선물이 되돌아와도, 학교 행사에 오지 말라며 으름장을 놔도 꿋꿋이 찾아갔지. …리이가 학교에서 생긴 골치 아픈 일로 울 때 이야기도 들어주고. 이름 한 번 부르지 않다가 다카히로 아저씨라고 호칭이 승격되고 웃으며 대화했을 땐 어찌나 눈물이 나던지."

그때를 곱씹는 듯 다카히로 아저씨가 눈물을 글썽였다.

"물론 유리 씨도 나 모르게 리이에게 이런저런 이야기를 했을 거야. …다카히로 아저씨와 재혼해도 아빠를 사랑하는 마음은 변치 않는다든가."

"…알 것 같아요."

물론 유리 아주머니의 말도 리이의 마음을 울렸겠지만 다카히로 아저씨의 존재를 허락한 결정적인 이유는 리이가 성장했기 때문이 아닐까.

딸을 위해 옆자리를 비워두고 혼자 살아가는 엄마의 고독을 깨달았을 때 리이는 분명 그때까지의 자기 행동을 뒤돌아봤을 것이다.

"그래서 토우야가 참 부러워. 이렇게 빨리 리이와 가까

226

워졌다니."

　말을 마치고 나를 향해 미소 짓는 다카히로 아저씨의 눈에서 눈물 한줄기가 흘러내렸다.

　"고맙다. 리이의 마지막 여행을 따라와 줘서 정말 고마워. …너도 분명 괴로울 텐데."

　다카히로 아저씨는 내 한쪽 손을 양손으로 감싸듯 꼬옥 쥐었다.

　"따라온 게 아니에요. 처음에는 그랬지만…. 지금은 제가 리이의 곁에 있고 싶어서 함께 있는 겁니다."

　나는 진심을 담아 대답했다. 다카히로 아저씨의 눈에서 걷잡을 수 없는 눈물이 뺨을 타고 흘러넘쳤다.

　"…리이를 사랑해 줘서… 정말 고마워."

　나는 아무 말도 하지 못한 채, 그저 다카히로 아저씨의 손을 힘껏 잡아드렸다.

앞으로 다섯 끼

나는 리이의 가족들과 마지막 순간까지 함께 지내기로
했다.

"가족끼리만 보내는 시간이 없을 텐데, 괜찮을까요?"

세 사람의 제안을 듣고 내가 되묻자 유리 아주머니가
"무슨 소리니! 리이의 남자 친구면 이미 가족이나 마찬가지
지!" 하고 강하게 주장해서, 나는 그 호의를 감사하게 받아
들이기로 했다.

하룻밤이 지나고 일요일이 되었다. 준비해 주신 손님방
에서 자는 둥 마는 둥 아침을 맞이하고 거실로 나가니 부
엌 카운터에서 유리 아주머니가 아침 식사를 준비하고 있
었다.

"토우야, 잘 잤니?"

"안녕히 주무셨어요."

미소 띤 입가와 달리 부석부석한 눈으로 인사하는 유리 아주머니에게 고개를 숙여 인사했다.

일찌감치 일어난 리이가 "왜 이렇게 늦게 일어나!"라고 타박했고 부엌에서 유리 아주머니를 돕던 다카히로 아저씨가 던진 "토우야, 설탕 넣은 계란말이 좋아하니? 아니면 소금 넣은 걸로 준비할까?"라는 질문에 둘 다 좋아한다고 대답하는 동안 어느새 아침 식사가 차려졌다.

막 지은 고슬고슬한 밥, 두부와 파를 넣은 된장국, 아사즈케*, 폭신폭신한 계란말이, 벌린 전갱이구이로 구성된 이상적인 일본식 아침 식사 한 상 차림이 준비되어 있었다. 밥파인 나에게 둘도 없는 메뉴로 가득한 아침 식사였다.

"역시 엄마표 계란말이가 최고야!"

리이가 활짝 웃으며 볼이 빵빵해지도록 입 안에 계란말이를 넣었다. 먹음직스러운 연노란색으로 구워져 입에서 사르르 녹는 달짝지근한 계란말이는 정말 맛있었다.

벌린 전갱이구이도 딱 좋게 지방이 차 올라 따끈따끈한 밥에 곁들일 반찬으로 안성맞춤이었고, 국물이 잘 우러난 된장국은 마음이 절로 풀어지는 정겨운 맛이었다.

●　채소를 초미액에 단시간 담가 만든 장아찌

본가를 나오기 전까지 리이는 유리 아주머니가 만든 세상에서 제일 맛있는 아침 식사를 매일매일 즐겼던 것이다. 이런 환경이니 맛있는 음식을 마음껏 먹는 걸 무엇보다 좋아하게 되는 게 당연했다.

리이가 "맛있어!" 하고 말할 때마다 유리 아주머니의 눈가가 촉촉해지는 게 보였다. 동시에 딸이 웃는 모습을 가만히 바라보는 모습도.

모두가 아침 식사를 끝냈을 즈음 틀어놓은 텔레비전에서 일기 예보가 흘러나왔다.

"도쿄는 저녁부터 날씨가 흐려져 밤에는 강한 비가 내리겠습니다."

아나운서의 멘트에 마음속 깊은 곳에서 실망이 고개를 들었다. 어제까지만 해도 오늘은 하루 종일 쾌청하다고 예고했었다.

리이가 날씨만 좋다면 매년 보려고 노력한다는 쌍둥이자리 유성군은 내일 절정에 이른다. 게다가 올해는 10년에 한 번 찾아오는 별똥별을 볼 수 있는 최적의 해라고 했다.

그러나 내일 밤, 리이는 이미 이 세상에 존재하지 않는다.

"오늘 한두 개라도 유성을 볼 수 있으면 좋을 텐데…."

리이가 몹시 아쉽다는 듯이 툴툴거렸다. 쌍둥이자리 유성군은 절정인 날이 아니더라도 2주 남짓에 걸쳐 유성우가 떨어지기 때문에 그 시기에 유성을 보는 경우도 있는 모양이다. 리이도 요 며칠간 가능한 한 밤하늘을 올려다보았지만 유성은 그림자조차 구경하지 못한 상황이었다.

리이는 절정에 이르기 전날인 오늘 밤이라면 혹여나 하나 정도 볼 수 있지 않을까 하고 기대에 부풀었었다. 하지만 비가 온다면 별 박힌 밤하늘 자체를 볼 수 없다.

왜 하필 오늘 비가 오냐고. 제멋대로인 비구름의 처사가 원망스러웠다.

아침 식사 후 리이는 유리 아주머니와 함께 부엌에 들어갔다. 오늘은 넷이 함께 공원으로 외출하여 도시락을 먹기로 했기 때문이다.

"엄마, 주먹밥 몇 개 만들까?"

"한 사람당 세 개 정도면 충분하지 않니?"

"괜찮을 것 같아. …아, 근데 토우야가 엄청 많이 먹거든. 토우야 건 다섯 개 정도 만들어야겠어."

부엌에서 엄마와 딸이 나누는 대화가 들려오는 가운데 다카히로 아저씨는 내가 출전했던 대회 영상을 텔레비전에 연결하여 빨려 들어갈 듯이 보고 있었다.

지금까지 다카히로 아저씨의 마음속에서 어렴풋이 올림픽 선수로서 존재하던 무로사키 토우야가 딸의 남자 친구라는 존재로 등장했으니 어떤 사람인지 확인하고 싶어졌을 것이다.

"대단해…! 어떻게 해야 지렇게 높세 멀리 날 수 있는 거야. 사람 맞아?"

화면 속에서 연달아 기술에 성공하는 나를 믿을 수 없다는 듯한 표정으로 쳐다보면서 다카히로 아저씨가 말했다.

"토우야 굉장하지!"

"정말…. 멋있다. 이미 인간의 레벨이 아니야…."

유리 아주머니도 감탄했다. 세 사람의 과찬에 나는 몸 둘 바를 몰랐지만 재치 있는 대답이 떠오르지 않아 "하하." 하고 머리만 긁적였다.

어제와 마찬가지로 집안은 푸근하고 평화로운 공기로 가득 차 있었다. 리이와 유리 아주머니가 단란하게 도시락을 만드는 모습은 훈훈했고 다카히로 아저씨가 스노보드를 타는 내 모습을 칭찬하는 소리도 반가웠다.

하지만 그런 사소한 순간마다 내 기분은 까마득한 어둠에 사로잡혔다.

눈물이 나오려는 걸 몇 번이나 참았을까. 유리 아주머니는 이따금 황급히 자리를 비우고는 했는데, 아마 아무도 보지 않는 곳에서 몰래 눈물을 훔치셨을 것이다.

점심시간이 되기 전에 완성한 도시락을 가지고 우리는 큰 연못이 있는 근처 공원으로 걸어갔다. 쌀쌀했지만 일요

일이라서 그런지 공원은 가족 단위나 산책을 나온 연인들로 붐볐다. 연못에는 오리배와 노 젓는 보트 여러 대가 둥둥 떠 있었다.

공원 안쪽 탁 트인 곳에 리이가 돗자리를 펼쳤다. 태국 페스티벌에 리이가 가져왔던 돗자리다.

그때는 내가 리이에게 이런 감정을 품게 될 줄 상상도 하지 못했다. 그런 생각을 하며 돗자리 위에 앉은 나는 리이와 함께 도시락을 폈다.

삼단 찬합에 주먹밥, 반찬, 과일을 차곡차곡 가득히 담은 호화로운 도시락이었다. 나는 먼저 김으로 정갈하게 싸인 주먹밥을 덥석 물었다. 소금간은 적당했고 안에 넣은 매실장아찌는 침샘이 폭발할 만큼 새큼해서 '바로 이 맛이지.'라는 감상이 금방이라도 튀어나올 정도로 더할 나위 없이 완벽한 주먹밥이었다.

"주먹밥 맛있다."

내가 감탄하자 리이가 눈을 반짝였다.

"진짜?! 그거 내가 만든 거야!"

"헤에, 잘 만들었는데?"

진심이 담긴 칭찬에 "후훗." 하고 리이가 미소 지었다. 차오르는 뿌듯함을 온몸으로 느끼는 듯한 웃음으로 보였다. 내 자만일지도 모르지만.

"반찬이랑 디저트도 있으니 많이 먹으렴."

"네, 감사합니다."

유리 아주머니의 권유를 사양하지 않고 정말 배가 터지도록 먹었다. 반찬과 디저트 어느 것 하나 빠짐없이 입으로 가져갔다.

리이도 나와 가족들과 잡담을 떨면서 처음부터 끝까지 맛있게 도시락을 먹었다.

돗자리를 깔고 이야기꽃을 피우며 삼단 도시락을 먹는 우리는 다른 사람들 눈에 남부러운 것 없는 행복한 사람들처럼 보일 터이다. 사소한 고민이나 걱정 따위 하지 않는 네 가족 혹은 중년 부부와 자식 부부처럼 비치겠지.

내일 리이가 죽는다. 지금 우리의 모습을 보고는 그 누구도 상상할 수 없는 일이다.

"초등학생 때 여기로 소풍 왔었어. 집에 갈 때 여유 부리면서 느긋하게 걸었더니, 반 애들이 다 나를 두고 가서 미아가 됐지 뭐야. 결국에 엄마가 데리러 왔지."

어리숙했던 어릴 적 자신을 회상하는지 리이가 장난스레 웃었다.

"추억이다. 그런 일도 있었네. 리이가 없어졌다고 학교에서 전화 왔을 때 깜짝 놀라서 심장이 멈추는 줄 알았다니까."

리이를 가볍게 꾸짖는 말투로 유리 아주머니가 말했다.

"겨우 그런 일로 심장이 멈추겠어? 엄마는 과장이 너무 심해!"

리이의 말이 재미있는지 다카히로 아저씨가 "와하하." 하고 소리 내어 웃었다. 리이도 "후훗." 하고 슬며시 웃었다.

"…이번에야말로 정말 미아가 되겠네."

서글프게 미소 지으며 유리 아주머니가 불쑥 중얼거렸다. 절대 데리러 갈 수 없는 곳으로, 곧 가장 사랑하는 딸이 떠난다. 심장이 쥐어뜯기는 기분이다. 수명이 줄어드는 것만 같다.

리이는 아무런 대답도 하지 않고 하나 남은 문어 모양 비엔나소시지를 입에 넣었다.

가끔 나는 생각했다. 만약 내가 조금이라도 빨리 리이와 만났더라면 하루라도 더 길게 행복하고 평화로운 날을 보낼 수 있지 않았을까.

하지만 '만약'을 곰곰이 가정할 때마다 '그러한 일은 있을 수 없다'라는 결론에 도달했다. 부상당하기 전의 나는 머릿속의 99퍼센트가 스노보드와 관련된 일로 가득 찬, 무모한 데다가 타인에 대한 관심이라고는 찾아볼 수도 없는 남자였으니까.

설령 병에 걸리기 전의 리이가 내 앞에 나타났다고 하더라도 나는 어떠한 마음도 품지 않았을 것이다.

애당초 나는 발랄한 리이처럼 말수가 많은 사람을 그다지 좋아하지 않는다. 어쩌다 내가 리이에게 이런 감정을 갖게 되었는지 나조차도 미스터리다.

그때 그 상황이 아니었다면 우리가 함께 다니는 일은 결코 없었을 것이다. 죽음의 문턱에서 가까스로 살아 돌아와 죽음에 대한 공포를 짊어지고 있던 나와 여명백식에 걸렸다고 당차게 털어놓으며 나에게 다가온 리이가 아니었다면.

우리에게 허락된 운명은 함께 맛있는 음식을 먹고 영원한 이별을 맞이하는 것뿐이었다. 아무리 계산해 보아도 그외에 우리가 사귀는 미래가 그려지지 않았다. 대체 이게 뭐야. 전생에 나쁜 짓이라도 저질렀나. 잔혹하기 짝이 없는 우리의 운명을 생각하며 내가 속으로 마구 욕지거리를 퍼붓고 있는데, 바닥을 드러낸 도시락을 앞에 두고 리이는 걱정 근심 하나 없다는 듯 빙그레 미소 지으며 그 멘트를 입에 담았다.

"아, 맛있었다. 잘 먹었습니다!"

도시락을 먹은 우리 네 사람은 세이부이케부쿠로선을 타고 네리마타카노다이역으로 이동했다. 그리고 리이가 다니는 대학병원으로 걸음을 옮겼다. 수명이 얼마 남지 않게 되면 주치의인 미치시게 선생님과 매일 면담을 해야 했기에 리이는 닷새 전부터 병원을 오가고 있었다.

어제도 리이의 본가를 방문하기 전에 진찰을 받았다. 어제 오전을 기준으로 남은 수명은 예정대로 일곱 끼였다.

"수명은 어제처럼 그대로인가요? 안 변했죠?"

평소처럼 검사를 마치고 둥근 의자에 앉은 리이가 마주본 미치시게 선생님에게 물었다. 리이의 등 뒤로 나와 유리 아주머니, 다카히로 아저씨가 나란히 섰다.

"…응. 앞으로 세 끼 남았어."

이 시점까지 오면 아무리 죽음에 익숙한 의사여도 마음속에 깊이 와닿는 바가 있을 것이다. 침통한 표정으로 미치시게 선생님은 입을 열었다.

"그렇구나. 내일 점심이 마지막이라는 뜻이네요. 최후의 만찬… 이 아니라 최후의 오찬이네."

리이의 목소리도 기운이 없었다. 내 옆에 서 있던 유리 아주머니가 "읏…." 하고 신음을 흘렸다. 다카히로 아저씨가 아주머니의 등을 조심스레 어루만졌다.

"전에도 말했지만 마지막 식사는 병원에서 할 거야. 좋아하는 음식을 가져와도 좋아. 내일 아침을 먹고 병원으로 오면 돼."

"네, 알고 있어요. 마지막이 병원이라니… 진짜 재미없다."

리이가 한숨을 푹 쉬었다.

"다른 병원에 다니는 환자들 태반은 몇 개월 전부터 병원 침대에서 병원식을 먹어. 애당초 자기 마음대로 먹지 못하는 사람도 많고. 리이처럼 마지막까지 활기차게 생활할 수 있는 사람도 드문걸."

"그렇긴 해요. 그래서 이 병원이 좋아."

미치시게 선생님이 애매하게 격려하자 리이가 납득한다는 듯 대답했다. 간단한 검사만 마치고 진찰은 끝났다.

죽음이 정해져 있는 병인데 좋긴 뭐가 좋아. 속으로 남몰래 여명백식에게 원망 섞인 불평을 토했다.

"내일 점심으로 뭐 먹을래?"

외래 진찰실을 나와서 리이에게 물었다. 리이는 "흐음." 하고 고민한 후 대답했다.

"사실 이미 먹고 싶은 건 다 먹었거든."

'리이의 맛있는 일기' 블로그와 공책 전부 읽었지만 리이의 말대로 적혀 있는 거의 모든 가게를 돌아다니기는 했다.

리이가 유리 아주머니를 보고 방긋 웃었다.

"그러니까 엄마가 만든 밥 먹을래!"

유리 아주머니가 깜짝 놀라 눈을 크게 떴다가 리이에게 미소로 답했다. 눈물이 나오려는 걸 간신히 참고 있는지 빰

이 바들바들 떨렸다.

"그럼, 당연히 만들어 줘야지. 먹고 싶은 거 있으면 다 말해."

"응. 엄마, 고마워."

리이는 기쁨을 감추지 않고 만면에 미소를 머금었다.

넷이 함께 리이의 본가로 돌아온 후 창문으로 하늘을 엿보니 온통 두꺼운 잿빛 구름으로 뒤덮여 있었다. 리이가 서글프게 창문 밖을 바라봤다. 이제 영영 유성을 볼 수 없다는 사실에 충격받고 의욕을 잃은 모양이었다.

왜 하필 오늘만 비가 오는 건데. 내일은 맑다면서. …내일 맑아 봤자 소용없다고. 오늘이 아니면 안 된단 말이야.

오늘 별을 볼 수 있는 방법이 정말 없을까? 날씨가 맑은 지역으로 지금 당장 출발한다면?

하지만 일기예보 속 일본 지도는 비 혹은 구름 기호로 빼곡했다.

날씨가 나빠도 별을 볼 수 있는 방법….

소파에 누워 멍하니 창밖으로 시선을 보내는 리이의 앞에서 짧은 시간 동안 필사적으로 머리를 쥐어짠 결과, 플라네타륨이 떠올랐다. 서둘러 스마트폰으로 찾아봤더니 이케부쿠로에도 영업 중인 곳이 있었다.

하지만 리이는 실제 유성을 보고 싶을 것이다. 인공으로 만들어진 별 따위 속임수 아니냐고 비웃을지도 모른다.

불안을 안은 채 나는 입을 열었다.

"리이."

"응?"

"플라네타륨 안 갈래?"

리이가 생각지도 못했는지 눈을 크게 뜨더니 이내 활짝 웃었다. 마치 꽃봉오리가 터지는 순간의 꽃처럼 싱그러운 웃음이었다.

"갈래! 가고 싶어!"

자리에서 일어나 말 그대로 방방 뛰면서 리이가 외쳤다. 그러고 곧장 부엌에서 저녁 식사 준비를 하는 유리 아주머니에게 달려갔다.

"엄마! 나 토우야랑 플라네타륨 갔다 올게!"

"뭐? 그러면 엄마도⋯."

유리 아주머니가 입을 다물었다. 아주머니는 분명히 일 분 일 초라도 더 오랫동안 딸과 함께 있고 싶을 것이다. 그러나 한창 이것저것 하고 싶을 나이인 딸의 입장에서 볼 때 남자 친구와 보내는 시간이야말로 행복일 거라고 판단한 듯했다. 아주머니가 미소를 지으며 말을 이었다.

"다녀와. ⋯리이가 먹고 싶다던 카레 만들어서 기다리

고 있을게."

"응! 고마워. 기대할게!"

리이가 신나서 큰 소리로 대답했다.

"그럼 다녀오겠습니다."

나는 유리 아주머니와 소파에 앉아 있는 다카히로 아저
씨를 향해 꾸벅 고개를 숙였다. 애달픈 빛이 감도는 듯한 두
사람의 눈을 보고 괜스레 마음이 불편해졌다.

하지만 리이는 내 예상보다 훨씬 기뻐했다. 송구하지만
나에게 우선순위는 리이였기 때문에 죄송한 마음을 뒤로
하고 몇 시간 동안만 리이를 빌리기로 했다.

서둘러 집을 나와 세이부이케부쿠로선을 타고 이케부쿠
로역에 도착하여 플라네타륨이 있는 건물로 걸어갔다.

대형 쇼핑몰 건물로 전망대와 수족관도 운영하고 있었
다. 손을 잡고 서로를 바라보며 웃는 연인과 가족 무리가 스
쳐 지나갔다. 함께 미래를 그릴 수 있는 그들을 볼 때마다
내 가슴은 찢어지는 듯했다.

물론 아무렇지 않은 척 그런 감정을 꼭꼭 감춘 채, 나는
"사람 많네." "여기는 언제 와도 사람이 많다니까. 진짜 오랜
만이야." 하고 시답지 않은 이야기를 하면서 플라네타륨으
로 향했다.

우리가 고른 프로그램은 '전 세계 방방곡곡을 누리는

별밤 여행'이었다. 만리장성, 울룰루, 모아이 서상 등 스노 보드와 관련된 일로만 해외에 나갔던 나도 익히 이름을 들어본 각지의 명소를 배경으로 한 밤하늘에 별이 수놓아져 있었다.

입이 떡 벌어질 정도로 장대하고 아름다운 영상이었다. 머리 위에서 실제로 별이 빛나고 있는 게 아닐까 하는 의구심이 들 정도였다. 수 광년도 떨어진 별빛을 모방한 영상을 보면서 우리가 얼마나 자그맣고 보잘것없는 존재인지 뼈저리게 느꼈다.

한 사람의 죽음은 이 드넓은 우주에 어떠한 영향도 미치지 않는다. 리이가 살아있는 오늘도, 눈을 감는 내일도 태양은 변함없이 동쪽에서 떠서 서쪽으로 진다.

"아! 우유니 소금 사막이다! 나 저기 진짜 가 보고 싶어."

주위에 있는 관객에게 방해가 되지 않도록 리이가 천진난만하게 소곤거렸다. 가 보고 싶다는 리이의 소망이 앞으로 영원히 이루어질 수 없는 장소인 플라네타륨에 리이를 데려오는 게 정답이었을까. 리이의 말을 듣는 순간 내 선택에 의문이 생겼다.

그런데 영상이 끝나기 직전, 쌍둥이자리 유성군의 유성우가 천장을 가득 메웠다. 영상이 끝나고 리이는 기지개를 켜며 이제 바랄 게 없다는 듯이 말했다.

"쌍둥이자리 유성군을 보다니 꿈만 같다."

그 한마디에 조금 전에 꿈틀거렸던 불안은 단번에 불식되었다.

"너무 예뻐서 정신 놓고 봐 버렸네. 소원 비는 것도 깜빡했어. …아, 어차피 인공이니까 빌어도 안 이루어졌으려나."

집으로 돌아가는 길, 빌딩에서 나와 빗속을 나란히 걸어가며 리이가 말문을 열었다.

"내 소원이 뭐였게?"

리이가 해맑게 물었다. 내일 죽는 네가 별에 빌 법한 소원이라면, 하나밖에 더 있을까.

하지만 구태여 질문한다는 건 그게 아니라는 거겠지. 도통 감이 잡히지 않았다.

"모르겠어. 뭐야?"

"안 가르쳐 줄 건데."

리이가 장난치듯 키득키득 웃었다.

"소원은 다른 사람한테 말하면 안 이루어지니까 비밀이야. 빌지는 못했지만!"

"그럼 상관없잖아. 알려 줘."

"싫어. 그래도 뭔가 이루어질 것 같아. 느낌이 그래."

"흐음. 이루어지길 바랄게."

겪구 리이의 소원이 뭔지 힌트 하나 얻지 못했지만 여기서 꼬치꼬치 캐묻는 것도 고집스러워 보였기에 나는 그렇게 대답했다.

"이루어질 거야!"

리이는 더욱 환하게 웃었다.

리이의 본가로 돌아와 현관문을 연 순간 매콤한 카레 냄새가 코에 확 끼쳤다. 이미 식사 준비가 끝난 덕분에 우리는 바로 식탁에 둘러앉았다.

적당히 큼지막하게 잘라 둥글둥글해진 감자와 당근, 정사각형으로 잘린 소고기가 들어간 중화풍의 스탠더드한 카레였다.

리이는 카레를 먹는 내내 거듭 맛있다고 말하며 얼굴 가득 웃음을 머금었다. 유리 아주머니와 다카히로 아저씨는 그런 리이에게 연신 고개를 끄덕이면서 눈물을 뚝뚝 흘리며 카레를 먹었다.

두 사람을 보면서 나는 눈물을 삼켰다. 행복하다는 듯 카레를 양 볼 가득 넣어 먹는 리이와 슬픔으로 하루하루를 보내는 리이의 부모님을 바라보며, 그저 천천히 숟가락을 움직일 뿐이었다.

곧 죽음을 앞둔 사람이라고 생각되지 않을 정도로 여전

히 생기발랄한 리이를 보며, 어쩌면 나는 지금까지도 내심 리이가 죽지 않을 수도 있다고 여기고 있는 걸지도 모른다.

앞으로 두 끼

한숨도 자지 못한 채 결국 운명의 날 아침을 맞이했다. 잠들어야 아침이 온다고 생각했는데 잠들지 않아도 아침은 찾아왔다.

어젯밤은 다들 담담하게 내일을 맞이하기가 괴로웠는지 거실에서 자정이 넘도록 두서없는 이야기를 나눴다. 제일 먼저 "슬슬 졸리네. 자야겠다." 하고 침실로 들어간 사람은 리이였다.

아무렇지 않게 말하는 리이를 보고 유리 아주머니도 다카히로 아저씨도 깜짝 놀란 표정을 지었다.

"리이 혼자 자려고…?"

유리 아주머니가 잠긴 목소리로 물었다. 그 질문에는 마지막 밤인데 혼자서 괜찮겠니, 이제 정말 얼마 남지 않았는데 함께 있자 등등 수많은 말이 함축된 듯했다.

리이가 고개를 끄덕이며 대답했다.

"어린애도 아닌걸! 혼자 잘게."

"그, 그래도…!"

"오늘 밤은 혼자 자는 게 좋을 것 같아."

금방이라도 울음을 터트릴 것 같은 유리 아주머니에게 리이가 쓸쓸하게 웃으며 말했다. 그렇게까지 말한다면 아무리 엄마라고 해도 한 발짝 물러날 수밖에 없다.

이렇게 말하는 나 또한 일초라도 더 오랫동안 리이와 같은 공간에 있고 싶었다. 하지만 혼자가 좋다고 선언한 사람 앞에서 그렇게 주장할 수 없었다. 그 상황에서 리이의 의사는 절대적이었다.

애써 스스로를 납득시키고 나도 손님방에서 홀로 잠을 청했다. 하지만 도무지 잠이 오지 않았다.

리이에게 남겨진 시간은 앞으로 단 두 끼. 그렇게 생각하자 '뭘 위해서 이렇게 혼자 방에 누워 있는 거지?' 하고 애가 탔다. 리이의 얼굴이 보고 싶어 미칠 지경이었다. 혼자 자고 싶다는 리이의 의사를 존중하고 싶었지만 마음을 억제할 수 없었다.

조용히 들어갔다가 자는 얼굴만 보고 나오자. 그렇게 결심한 나는 숨소리도 발소리도 죽인 채 리이의 방으로 향했다.

소리가 나지 않도록 문을 열었다. 리이가 침대 위에서 머리끝까지 이불을 덮어쓰고 있는 모습이 눈에 들어왔다. 몸을 떨며 숨죽여 흐느껴 울고 있는 모습이.

나는 안절부절못하며 기척을 지우는 것도 잊고 침대 쪽으로 다가갔다. 리이가 내 존재를 눈치채지 못했겠지만 아무 말도 하지 않았다.

리이가 덮어쓴 이불을 홱 젖혔다. 리이의 얼굴이 눈물과 콧물로 뒤범벅되어 있었다. 리이는 이런 모습을 가족에게 보여주고 싶지 않아서 "혼자 자는 게 좋을 것 같아."라고 선언했던 거다.

나와 눈이 마주치자마자 리이는 어린아이처럼 집이 떠나가라 엉엉 울었다. 그리고 침대 옆에 선 나에게 매달리는 듯 손을 뻗었다.

나는 리이의 옆에 누워 리이의 가녀린 몸을 꽉 껴안았다. 내 가슴에 얼굴을 묻고 리이는 오열을 멈추지 않았다. 나는 그저 묵묵히 리이의 등을 어루만져 줄 뿐이었다. 한밤중에 터진 리이의 통곡이 차츰 가라앉았다. 울다 지친 리이는 나에게 안긴 채 잠들었다.

나는 리이를 안은 채, 창문을 세차게 때리는 빗소리를 들으며 인상을 찌푸린 리이의 잠든 얼굴을 밤새도록 바라봤다. 이대로 시간이 멈추지 않을까. 그런 바보 같은 생각을 하면서.

그리고 아침, 거실에서 마주친 유리 아주머니도 다카히로 아저씨도 무척 초췌한 얼굴을 하고 있었다. 두 분 모두 뜬눈으로 밤을 지새운 모양이었다.

리이는 눈이 부석부석하기는 했지만 잠을 잔 덕분인지 혈색은 나쁘지 않았다. 여전히 오늘 수명이 다하는 사람이라고는 생각되지 않았다. 어젯밤의 오열 따위 모르는 일이라는 듯 "좋은 아침!" 하고 모두에게 천진난만하게 인사를 건넸다.

어제와 마찬가지로 완벽한 일본식 아침 식사를 함께 먹은 뒤(리이를 제외하고는 밥을 절반 이상 남겼다) 집에서 나와 가장 가까운 역으로 향했다. 나와 리이가 나란히 걷고 그 뒤로 유리 아주머니와 다카히로 아저씨가 따라왔다.

"오늘 날씨 진짜 좋다. …열받아."

리이가 하늘을 쳐다보면서 얼굴을 찌푸리고 툴툴댔다. 두 번 다시 유성을 볼 수 없는 사실을 안타깝게 여기고 있다기에는 가벼운 말투였다.

대답을 찾지 못하고 내가 바라만 보자, 풀 죽은 나를 격려하는 듯 리이가 씩씩하게 말했다.

"아, 그래도 덕분에 토우야랑 플라네타륨에 다녀왔으니

까 결과적으론 이득이네!"

나는 "그래? 그런 다행이고." 외에 해 줄 말이 없었다.

역까지 걸어가는 길에서도 전철 안에서도 리이는 여유롭게 "저기 정식집 진짜 싸다?" "방금 섰던 역 바로 근처에 빵집이 하나 있는데 거기 단팥빵이 맛있어." 하면서 아무래도 좋을 이야기를 재잘거렸다.

리이의 말에 맞장구를 치는 내 근처에는 마치 오늘이 세계의 종말인 양 절망하는 것처럼 비통한 표정을 지은 중년 부부가 자리하고 있었다.

대학 병원에 도착하기 직전까지 리이는 시종일관 평소와 다름없었다.

하지만 병원에 다다랐을 때, 자동문을 앞에 두고 리이가 우뚝 멈춰 섰다.

"…안 들어갈래. 역시 죽기 싫어."

리이는 울음을 참는 표정으로 나를 보며 가냘픈 목소리로 호소했다. 나는 말문이 콱 막혀서 그 자리에 못 박힌 듯 발을 떼지 못했다. 유리 아주머니가 오열하는 소리가 등 뒤에서 들려왔다.

리이가 눈에 눈물을 그렁그렁 담고 어색하게 웃으며 나를 바라봤다.

"이대로 병원에 안 가면 살지도 모르잖아. 나 지금 진짜 건강해. 아픈 데가 하나도 없단 말이야. …이대로 도망쳐서 여명백식이니 뭐니 다 잊고 전부 없었던 일로 하면 안 돼?"

"안 가도 돼. 괜찮아."

간신히 그렇게 대답했다. 사실 미치시게 선생님이 나에게 귀띔해 주었다.

여명백식에 걸린 환자 중에는 시한부 인생을 받아들이지 못하고 마지막 날 병원에 오지 않는 환자도 있다고. 어쩌면 리이도 그럴지 모른다고. 병원에 오지 않아도 상관없지만 이 병에 걸려서 선고되는 수명은 마치 프로그래밍한 듯 정확하며 특히 죽음에 이르는 시간은 거의 오차가 없기 때문에 아무쪼록 주의했으면 한다고 당부했다.

마지막 식사를 마치고 잠들 듯 평온하게 죽어가는 병. 그렇기에 다들 마지막 식사를 하지 않는다면 수명이 늘어나지 않을까 기대하게 된다.

하지만 여명백식이라는 악마는 마지막 식사 시간이 다가왔을 때 평소 식사하는 시간보다 한 시간 넘게 흘렀는데도 아무것도 먹지 않으면 그 사실을 알아차리고 환자를 죽음에 이르게 한다고 했다. 진통제마저 손쓸 수 없는 극심한 고통을 주면서.

대부분의 여명백식 환자가 그 사실을 알기에 체념하고 마지막 식사를 하는 것이다. 편안한 죽음을 맞이하기 위하여.

리이가 병원에 가고 싶지 않냐고 해도 리이는 오늘 죽을 운명이다. 그러나 미치시게 선생님은 리이의 의사를 존중하여 무리해서 병원에 데려오지 않아도 괜찮다고 설명했다. 대신 리이의 마지막 순간까지 함께 해 주기를 부탁했다.

내 대답을 듣고 리이가 한동안 생각에 잠겼다가 입을 열었다.

"아니야. 들어갈게."

"⋯괜찮아?"

"응. 모두에게 민폐 끼치고 싶지 않거든."

의료진이 많은 대학병원에서 눈을 감는 게 나와 가족의 입장에서도 가장 담담하게 리이를 보내줄 방법이라는 점은 부정할 수 없었다. 민폐니 어쩌니 아무래도 좋았다.

"이제 와서 그런 걸 신경 써? 이미 민폐는 끼칠 만큼 끼쳐서 딱히 상관없는데."

진심을 담아 대답했지만 왜인지 놀리는 것처럼 들렸다. 하지만 진심이었다.

"⋯그럼 마지막 정도는 민폐 끼치지 않을래."

리이가 그렇게 말하고 자동문을 통과했다. 나는 어떠한 대답도 하지 못하고 리이의 뒤를 따랐다.

접수를 마치고 향한 곳은 항상 가던 진찰실이 아니었

다. 우리는 입원 창구를 지나 리이를 위해 사전에 준비된 개인실로 안내받았다. 중앙에 흰 침대가 놓여 있고 새하얀 커튼이 나부껴 청결하지만 메마르고 스산한 개인 병실이었다.

간호사가 리이의 혈액을 채취하고 방을 떠난 뒤 얼마 지나지 않아 미치시게 선생님이 들어왔다. 미치시게 선생님은 미간을 찌푸리고 괴로운 표정으로 리이를 바라봤다. 리이가 힘없이 미소 지었다.

"그 표정은 뭐예요. 역시 한 끼만 먹으면 저 죽나 보네요."

"…오늘 검사 결과 수치에 따르면 그럴 거야."

착잡한 듯 입을 여는 미치시게 선생님의 말에 리이는 "아아…." 하고 기운 빠지는 소리를 내고는 한숨을 내쉬었다.

침대에 누운 리이의 몸에 수많은 관이 부착됐다. 체온과 혈압 등 정체를 알 수 없는 수치가 침대 옆에 설치된 모니터에 표시됐다.

리이가 죽음을 맞이할 준비를 마쳤을 쯤, 정오에 가까워지고 있었다. 언제나 리이가 점심을 먹는 시간이다.

유리 아주머니가 침대용 테이블 위에 가져온 찬합을 올리고 떨리는 손으로 뚜껑을 열었다. 닭튀김과 계란말이, 각양각색의 방울초밥이 꽉꽉 담겨 있었다. 보기만 해도 먹음직스러워서 더욱 마음이 아팠다.

"…리이가 좋아하는 것만 만들었어."

유리 아주머니가 힘없는 목소리로 리이에게 말했다. 리이가 감동받았다는 듯 환히 웃었지만 이제 슬픔 섞인 웃음으로밖에 보이지 않았다.

"고마워! 남기지 않고 다 먹을게. …최대한 천천히."

리이는 제일 먼저 훈제 연어로 감싼 방울초밥을 집었다. 그리고 랩을 정성스럽게 벗긴 뒤 입가로 초밥을 가져갔다. 그러나 좀처럼 입에 넣지 못했다. …당연하다. 이 도시락을 다 먹고 나면 리이는 죽는다.

여기서 너무 우물쭈물했다간 리이는 고통을 동반한 죽음을 맞이하게 된다. 그렇다고 "빨리 먹어." 하고 독촉할 수도 없는 노릇이었다. 그건 너무나 가혹했다.

리이가 방울초밥을 든 채로 미치시게 선생님과 시선을 교환했다.

"선생님 혹시 먹는 거 늑장 부리면 수명이 늘어날까요?"

"…그래봤자 아주 조금이야. 찰나일 테고 시간을 오래 끌면 오히려 리이가 힘들어져서 도시락을 맛있게 못 먹게 될지도 몰라."

"그런가…. 엄마가 만들어 준 도시락을 못 먹게 되는 건 싫은데. 맛있게 먹어야 하는데."

리이는 방울초밥을 씩씩하게 한입 베어 물었다. 그리고

는 꼭꼭 씹어 삼키며 "맛있다!" 하고 행복이 담긴 인사도 잊지 않았다.

죽음으로 향하는 마지막 식사를 하는 리이의 심정이 어떨까. 상상을 뛰어넘은 범주라 바로 옆에 있는 나는 가늠조차 할 수 없었다.

방울초밥을, 닭튀김을, 계란말이를 리이는 평소 페이스대로 하나하나 먹었다. 정말로 맛있다는 듯이. 그 모습을 보고 있자니 머릿속이 엉망진창이 되어서 현기증이 일었다.

나는 쓰러질 때가 아니라고 필사적으로 버텼다. 그런데 다카히로 아저씨가 나에게만 들릴 정도로 작게 속삭였다.

"…토우야, 잠깐 쉬고 오렴."

깜짝 놀라 아저씨를 쳐다보니 아저씨가 미묘한 표정으로 덧붙였다.

"얼굴이 너무 새파래. 리이가 불안해할 거야. …다 먹을 때까지 아직 시간이 조금 남았으니까."

겉으로 감정이 드러나지 않도록 최대한 신경 쓴다고 했는데 얼굴색까지는 어떻게 할 수 없었던 모양이다. 새파랗게 질린 내 얼굴을 본다면 리이는 분명 입맛이 달아나겠지.

"화장실 좀 갔다 올게."

나는 다카히로 아저씨가 권한 대로 병실을 나왔다. 물론 화장실에 가고 싶었던 건 아니었다. 그냥 병실 밖에서 잠시 우두커니 서 있었다. 몸이 조금씩 떨렸다.

도무지 병실로 돌아갈 용기가 나지 않았다. 얼굴색이 원래대로 돌아왔는지도 모르겠고 죽음에 가까워지는 리이를 지켜보는 것도 너무나 괴로웠다.

하지만 살아 있는 리이의 얼굴 볼 수 있는 것도, 리이의 목소리를 들을 수 있는 것도 정말로 이제 마지막이다.

…게다가 리이와 약속했다. 죽을 때까지 함께 있겠다고.

최대한 감정을 가라앉히며 병실에 들어가자 도시락을 깨끗이 비운 리이가 눈에 들어왔다.

미치시게 선생님은 마지막 식사가 끝나고 얼마 후에 환자는 거센 수마에 사로잡혀 잠든 채로 평온하게 심장이 멈춘다고 이야기했었다.

그렇다. 리이는 숨이 끊어지기 직전이었다.

그런데 왜인지 모르겠지만 병실은 비통에 싸여 있지 않았다. 내가 들어가기 직전까지 미치시게 선생님과 대화를 나누고 있던 것 같은 리이가 어리둥절한 얼굴로 물었다.

"수치가 완전히 내려가지 않았다뇨? 무슨 말이에요?"

뭐라고?

예상치 못한 리이의 말에 나는 어안이 벙벙했다. 마지막 식사를 마치면 여명백식 수치는 0으로 내려간다.

그 수치가 완전히 내려가지 않았다고…?

미치시게 선생님은 모니터를 바라보면서 의아한 표정으로 대답했다.

"나도 원인을 모르겠어…. 왜 그런지 모르겠지만 원래대로라면 지금 수치는 0으로 떨어졌어야 하는데, 아직 남아 있고… 식사를 하기 전 수치의 절반만 내려간 상황이야."

유리 아주머니가 미치시게 선생님에게 바싹 다가갔다.

"네…?! 어떻게 된 일이죠? 리이의 병이 나았다는 소린가요?!"

마지막 식사가 끝났는데도 죽음의 기색이 보이지 않는 딸을 보고 실낱같은 희망이 생긴 듯했다.

…나 또한 같은 기대를 품었다. 죽었어야 할 리이가 죽지 않았다. 병 진단에 착오가 있었다든가, 기적적으로 완치했다든가 하는 뜻이 아닐까.

하지만 미치시게 선생님은 애석해하며 곧바로 고개를 저었다. 찰나에 그렸던 밝은 미래가 와르르 붕괴했다.

"다른 수치로 추측하건대 유감이지만 그렇지는 않습니다. 그렇지는… 않지만."

눈을 크게 뜬 리이를 바라보며 미치시게 선생님이 말했다.

"앞으로 한 끼 정도 리이의 수명이 늘어난 것 같습니다."

그건 겨우 티끌만큼의, 그래, 마치 광활한 우주에 덩그러니 존재하는 늙은 별처럼.

아주 잠시 동안 빛나는 것을 허락받은 별처럼, 삭디작은 기적이었다.

마지막 식사를 끝낸 리이의 여명백식 수치가 완전히 떨어지지 않았다는 사실을 알게 된 후, 미치시게 선생님은 재차 리이를 진찰하거나 검사 결과가 쓰인 종이와 눈싸움을 하면서 다방면으로 원인을 찾으려했지만, 수치가 떨어지지 않은 이유는 여전히 오리무중이었다.

지금까지 보고된 여명백식 환자 가운데 마지막 식사를 한 후에도 수치가 남아있던 사람은 단 한 명도 존재하지 않은 듯했다.

전대미문의 사태가 리이의 몸에 일어나고 있었다.

겨우 한 끼뿐이지만 예고된 수명을 뒤엎은 리이는 어깨가 잔뜩 올라가 큰소리쳤다. 곧 죽는다는 사실은 변함없었지만, 이제 그런 건 아무래도 상관없는 듯 무척 활기차 보였다.

"이건 그냥 제 추측인데요! 여명백식에 걸렸는데 '앞으로 백 끼?! 오히려 좋아, 맛있게 먹어줄게!' 하고 마음 가는 대로 즐겁게 맛있는 걸 먹으러 다니니까 병도 꼬리 내리고 도망간 게 아닐까요?!"

침대 옆에서 여전히 의아해하는 미치시게 선생님을 향해 리이가 흥분해서 말했다.

그럴 수 있나? 나는 고개를 갸우뚱했지만 미치시게 선생님은 머리를 긁적이고는 의외의 대답을 입에 담았다.

"…말도 안 된다고 딱 잘라 말하기 어렵긴 하지."

"엥, 정말요? 저 그냥 농담한 건데."

"모든 병은 마음에서 온다는 말도 있잖니. 그런 일이 있긴 해. 긍정적인 환자들은 의학적으로 설명할 수 없는 기적을 종종 일으키거든. 많지 않지만 나도 경험한 적이 있고 말이야."

"진짜요?! 그러면 제가 기적을 일으킨 건가요?"

"응. 게다가 내가 본 기적 중 가장 큰 기적이야. 전례가 없는걸."

미치시게 선생님은 그렇게 말하며 미소 지었다. 내내 얼굴에 먹구름을 드리우고 있던 미치시게 선생님이 오늘 처음으로 보여준 부드러운 표정이었다.

"어떡하지. 갑자기 엄청 대단한 사람이 되어 버렸어. 선생님, 이거 학회 같은 데 보고하면 진짜 유명해지겠다!"

요란한 리이의 설레발에 선생님은 "하핫." 소리 내 웃은 뒤 말을 이었다.

"그러겠네. 리이 이야기를 들으면 다들 놀랄 거야. …처음에 내가 리이를 여명백식이라고 진단했을 때 '앞으로 백 끼밖에 못 먹는 거면 맛있는 음식만 골라서 먹어야겠네….' 그랬지? 물론 풀 죽긴 했지만 곧바로 그렇게 생각을 바꾸는 리이를 보고 보통 애가 아니다 싶었어."

"보통 애가 아니다…. 칭찬으로 생각할게요."

"당연하지. 그때도 깜짝 놀랐는데 설마 마지막까지 놀라게 할 줄이야."

"…와. 저 뭔가 느낌이 좋은데요."

"하하. 리이의 주치의여서 영광이라니까."

"저도 선생님이 담당 선생님이라 좋았어요."

말을 나눈 뒤 서로를 바라보는 두 사람. 두 사람은 손잡고 피도 눈물도 없는 여명백식이라는 병을 보기 좋게 한 방 먹였다. 틀림없이 전우애 같은 감정을 품고 있을 것이다.

그때까지 축 가라앉아 있던 리이의 병실은 순식간에 활기를 띠었다.

리이의 작은 기적을 알게 된 간호사가 "대단해!" 하고 리이를 칭찬했다. 리이처럼 여명백식에 걸려 진찰실을 방문한 남성까지 찾아와 "덕분에 용기가 생겼어요. 저는 세 끼 늘려보도록 하죠!" 하고 결의를 표명했다.

유리 아주머니와 다카히로 아저씨도 홀려있던 뭐가 떨어져 나가기라도 한 듯 미련을 홀홀 털어낸 것처럼 보였다.

물론 딸을 잃는 슬픔이 사라지지는 않았을 터이다. 하지만 예상을 뒤엎는 전개가 펼쳐지자 절망감이 희미해져 딸의 마지막을 끝까지 지켜볼 각오가 굳어지지 않았을까 생각한다.

내 마음에 돌덩이처럼 묵직하게 자리 잡았던 침통함도 어느새 모습을 감췄다. 리이가 죽는다는 사실은 물론 견딜 수 없다. 하지만 그보다 "보란 듯이 이겼네." 하고 리이를 칭찬하고 싶은 마음이 강했다.

겨우 몇 시간 수명이 늘어났을, 리이가 오늘 죽는다는 사실은 변함없는데.

리이는 당장이라도 콧노래를 흥얼거릴 기세로 뿌듯한 표정을 지으며 병실을 찾아와 자신을 칭찬하는 사람들과 대화를 나눴다. 마치 세상 모든 일과 싸워 승리한 것만 같은 표정이었다.

"리이, 그렇게 좋아?"

내가 말을 걸자 리이는 의기양양하게 미소 지었다.

"그럼 좋지! 쌍둥이자리 유성군, 볼 수 있잖아."

침대 옆의 창문을 통해 파란 하늘을 올려다보았다.

리이는 미치시게 선생님에게 마지막 소원이라며, 오늘 밤에 병원 옥상을 개방해 달라고 부탁했다.

"솔직하게 말하자면 너무나 예상하지 못한 케이스라서 리이가 어떻게 될지 몰라. 어쩌면 오늘 저녁을 먹기 전에 죽을 수도 있어. 모니터 수치를 하나하나 체크해야 해…."

미치시게 선생님이 진지하게 설명했다. 하지만 리이는 얼굴을 찌푸리고 반론했다.

"선생님이 얘기한 대로 침대 위에서 백 번째 식사를 했어요. 지금은 내가 이 악물고 얻어낸 로스 타임이잖아요. …그러니까 제가 하고 싶은 대로 하게 해 주세요. 갑자기 죽어도 불평불만 나오는 일 없게 할게요."

리이의 말에 결국 미치시게 선생님도 뜻을 굽혔다. "리이가 원하는 대로 부탁드립니다." 하고 간청한 부모님의 지원 사격도 힘을 싣지 않았을까.

리이는 병원 앞 편의점에서 저녁 식사 거리를 사고 싶어했다.

"편의점 음식만 먹어도 괜찮아?"

아직 시간이 남았으니 더 든든한 음식을 준비할 수 있었지만 내 질문에 리이는 "괜찮아!"라고 씩씩하게 대답하고 말을 이었다.

"별 보면서 먹고 싶으니까 간단한 게 좋아. 그리고 별하늘 아래면 뭘 먹어도 맛있을 거야!"

12월 16일. 리이 13살.

아침에 텔레비전 뉴스를 보는데 아나운서가 오늘은 쌍둥이자리 유성군이 극대에 달할 예정이라고 말했다. 극대가 뭐냐고 엄마한테 물어봤는데 "유성을 아주 많이 볼 수 있는 날이야."라고 했다. 나도 보고 싶다고 졸라서 밤에 엄마랑 같이 근처 공원에 가서 보기로 했다.

믿기 힘들 정도로 많은 유성을 볼 수 있었다. 정말 예뻤다. 엄마는 눈을 감고 조용히 소원을 빌었다. 무슨 소원을 빌었는지 물어봤는데 "소원은 다른 사람에게 말하면 이루어지지 않아."라고 했다. 처음 알았다. 그래서 나도 마음속으로 소원을 빌었다. "언젠가 엄마가 아빠를 만난 것처럼 나도 정말 좋아하는 사람이 생겼으면 좋겠습니다." 그다음에 "그런데 그 사람은 나보다 먼저 죽지 않았으면 좋겠습니다." 하고 서둘러 덧붙였다.

유성이 마지막 말까지 빼먹지 않고 잘 들었을까?

저녁밥으로 편의점에서 컵라면과 도라야키*를 사서 별을 보면서 먹었다. 밖에서 먹으니까 뭔가 신선했고 항상 먹는 라면이 정말 맛있게 느껴졌다.

아마도 엄마와 별을 보면서 즐겁게 먹었기 때문이 아닐

• 팬케이크 사이에 팥소를 넣은 화과자의 일종

까. 엄마나 사이좋은 친구와 함께 먹는 밥은 언제나 맛있다.

틀림없이 내가 정말정말 좋아하는 사람들과 함께 먹는다면 나는 무엇이든지 맛있게 먹을 수 있을 것이다.

아, 맛있었다. 잘 먹었습니다!

리이의 말을 듣고 '리이의 맛있는 일기'에서 읽었던 문장을 떠올렸다. 분명 옛날에 리이가 유리 아주머니와 함께 쌍둥이자리 유성군을 봤던 날에도 편의점에서 음식을 사 먹었을 것이다.

납득한 나는 리이와 둘이서 편의점으로 향했다. 리이는 컵라면과 감자칩, 주먹밥, 편의점 디저트 등을 가리지 않고 하나둘 바구니에 넣었다. 나는 마지막에 도라야키를 추가로 넣었다.

별 박힌 아래 펼쳐지는 마지막 파티.

리이의 최후의 만찬을 준비한다.

이윽고 허무하게 해가 저물고 우리는 단둘이 병원 옥상으로 올라갔다. 완전히 어둠이 내리기를 기다리고 나니 평소에 저녁을 먹던 시간보다 살짝 늦어졌다.

구름 한 점 없는 하늘을 주시하는데 유성이 하나둘 땅으로 떨어졌다. 유성을 발견할 때마다 리이는 "저깄다!" 하고 환호성을 질렀다.

옥상에 막 나왔을 때는 유성을 관찰하는 데 집중하고 싶었는지 리이는 주먹밥이나 감자칩처럼 한 손에 들고 먹을 수 있는 음식을 골라서 먹었다. 점심때 도시락을 먹을 때처럼 두려워하는 기색은 찾아볼 수 없었다.

하지만 겨우 그걸로 대식가인 리이의 배가 채워질 리 없었다. 떨어지는 유성을 몇 번인가 더 발견한 뒤에 간호사가 가져다준 보온병에 담긴 따뜻한 물을 컵라면에 부었다. 뜨거운 물을 부은 지 3분이 지난 후 리이는 예상한 대로 면을 끊지 않고 후루룩 마셨다.

"이 맛이지! 흐물흐물한 면에 밍밍한 국물 조합이 최고란 말이야."

컵라면 특유의 저렴한 맛을 온몸으로 느낀다.

"그렇네."

똑같이 옆에서 컵라면을 먹으며 나는 고개를 끄덕였다.

직업상 식단을 신경 써야 하므로 컵라면은 거의 먹지 않는다. 하지만 국민 컵라면인 게 분명한 빨간 글자로 된 로고가 박힌 이 제품에는 역시 정감이 갔다.

솔직히 이 상황에서 맛을 느낄 여유가 있을까… 싶었는데 입에 들어가니 제대로 맛이 느껴졌다. 심지어 내 기억보다 훨씬 맛있었다.

"이게 원래 이렇게 맛있었나? 평소보다 더 맛있는데."

내가 고개를 갸우뚱하자 리이가 의기양양하게 웃었다.

"토우야는 몰라도 너무 모른다. 이렇게 예쁜 밤하늘 아래에서 먹으니까 당연히 더 맛있지!"

"그런가?"

"그렇다니까. 그리고 우리 둘이 같은 음식을 먹으니까 훨씬 더 맛있는 거야."

자연스레 리이가 어릴 적 쌍둥이자리 유성우를 봤던 날에 쓴 일기 속 한 구절이 머릿속에 떠올랐다.

"내가 정말정말 좋아하는 사람들과 함께 먹는다면 나는 무엇이든지 맛있게 먹을 수 있을 것이다."

마지막 식사를 리이가 맛있게 먹을 수 있어서 다행이라고, 나는 우리에게 주어진 로스 타임에 진심으로 감사했다.

그 후로도 리이는 후루룩 컵라면을 먹으며 유성을 찾는데 몰두했다. 무척 신난다는 듯이, 그리고 맛있다는 듯이.

두 손으로 쟁취한 로스 타임을 단 1초도 허투루 쓰지 않고 즐기고자 하는 마음이 느껴졌다.

우리와 조금 떨어진 곳에서 유리 아주머니와 다카히로 아저씨가 리이를 지켜보고 있었다. 슬픔이 어려 있었지만 다정한 표정으로 똑같이 하늘을 올려다보고 있었다.

"우와, 저거 크다!"

리이가 하늘을 가리켰다. 리이의 말대로 유달리 크고 눈부신 빛을 뿜내는 유성이 길게 꼬리를 그리며 떨어지고 있었다. 그 상태로 리이는 아무 말 없이 유성을 바라봤다.

"소원 빌었어?"

남다른 존재감을 자랑하던 유성이 모습을 감춘 뒤 리이에게 물었다. 리이가 화사하게 웃으며 고개를 끄덕였다.

"응. 방금 떨어진 별에. 토우야는?"

"빌긴 빌었는데 긴가민가하네."

여명백식에 걸린 환자가 생존한 사례는 없다. 지금 이 순간에도 리이는 시시각각 죽음에 가까워지고 있다.

수명이 한 끼 늘어난 것만으로 기적인 이 상황에서 "리이의 병을 낫게 해 주세요."라는 소원이 이루어질 리가 없다.

그래도 "리이를 죽이지 말아주세요." 하고 빌 수밖에 없었다. 그렇게 간절히 빌자마자 다시 생각을 고쳤다.

어차피 여명백식에서 해방될 수 없다면 앞으로 한 끼… 아니, 그건 너무 짧으니까 백 끼… 천 끼… 그냥 병을 낫게 해 주시면 안 될까요.

별이 하나씩 떨어질 때마다 내 소원을 쏘아 올렸다. 나조차도 정리하기 어려운 이 바람이 유성에 닿으리라고는 도저히 생각되지 않았다. 그런 내 마음을 알 리 없는 리이가 유감스럽다는 듯 눈살을 찌푸렸다.

"아깝다. 완전 컸는데. 소원 빌었으면 분명 들어줬을걸."

"내 몫까지 리이가 빌었다고 치지, 뭐. 그러면 리이의 소원이 이뤄질 확률이 높아지지 않을까?"

"오, 말 되는데. 좋은 생각이야."

"무슨 소원 빌었는지 정말 안 알려줄 거야?"

앞으로 한 시간 내로 눈감게 될 너는 무엇을 바랐을까.

"응. 꼭 이루어졌으면 좋겠단 말이야. 그러니까 비밀!"

"알았어."

예상했던 답이지만 이제 영영 알 길이 사라졌다는 사실을 새삼스럽게 깨닫자 마음이 쓰라렸다.

한발 앞서 컵라면을 비운 나는 남은 면을 들이켜는 리이를 바라봤다. 리이의 오른쪽 귀에 끼워진 실버 후프 피어스가 머리카락 사이로 얼핏 비쳤다.

내 오른쪽 귀에도 리이의 골드 피어스가 끼워져 있다. 리이의 영혼이 깃든 피어스. 그렇다면 지금 리이가 낀 실버 피어스에도 내 영혼이 깃들어 있는 셈이다.

그런 생각에 잠겨 있는데 조금 쌀쌀한 공기가 느껴졌다. 우리는 바싹 달라붙은 채 간호사가 보온병과 함께 준비해 준 담요 한 장을 둘렀다. 컵라면 덕분에 몸은 그럭저럭 따뜻해졌지만, 12월의 밤은 역시나 으슬으슬했다.

"이거 꽤 따뜻하다!"

담요가 주는 포근함이 만족스러운 듯 리이가 방긋 웃었다. 여전히 코끝과 귀는 빨갰다.

"그러게. 얼굴이랑 귀가 춥긴 한데 어쩔 수 없나."

"아예 뒤집어쓰면 조금 낫지 않을까?"

리이가 부스럭부스럭 담요를 머리 위로 덮었다. 그 순간 담요 안에 둘만의 세계가 만들어졌다. 숨바꼭질하는 아이 같은 모습이 우스워서 우리는 눈을 맞추고 키득키득 웃었다. 이어서 숨을 한 번 내쉬고 가만히 서로를 마주 보았다.

그저 흐름에 맡기고 입을 맞추었다. 아주 찰나의 순간, 리이의 따스한 체온이 포개진 입술을 타고 전해졌다. 살아 있는 리이의 온기가.

등 뒤에는 유리 아주머니와 다카히로 아저씨, 미치시게 선생님 그리고 간호사가 상황을 살피고자 대기하고 있었다. 들키지 않도록 콕콕 부리를 부딪치는 듯한 짧은 입맞춤이었다.

틀림없이 마지막 키스가 될 텐데 너무나 허무해서 아쉬운 마음만 커졌다.

하지만 리이는 눈웃음과 함께 볼에 홍조를 띠고 환하게 미소 지었다. 그 모습을 보자 마지막에 서로를 느낄 수 있어서 다행이라는 생각 반, 이제 정말 마지막이라는 애틋한 생각 반으로 마음속에 소용돌이가 쳤다.

입술에 남았던 리이의 온기가 금세 사라졌다.

리이는 무슨 일 있었냐는 듯 평소처럼 명랑하게 웃으며 발치에 놓인 비닐봉지를 뒤적였다.

"디저트만 먹으면 끝이네. 그런데 이 도라야키 좀 너무 크다…."

봉지에서 도라야키를 꺼내 포장물을 본 리이가 투덜거렸다. 점보 생크림 도라야키라는 제품명을 자랑하는 디저트는 이미 정크푸드가 가득 채워진 배에 아무래도 부담이 갈 것 같았다.

"토우야."

"응?"

"이거 반 나눠 먹자!"

활짝 웃으며 리이가 제안했다.

"그래."

"고마워! 반 정도면 딱 적당할 것 같거든."

그렇게 대답한 리이는 포장지를 벗긴 도라야키를 반으로 잘라 나에게 내밀었다. 반달 모양의 도라야키를 건네받은 내 머릿속에 저절로 우리가 만난 지 얼마 지나지 않았을 무렵의 기억이 되살아났다.

요코하마의 차이나타운에서 상어지느러미 만두를 둘이서 나눠 먹었던 기억.

나눠 먹은 상어지느러미 만두는 바로 직전에 온전히 하나를 다 먹었을 때보다 훨씬 맛있었다. 그때는 왜 그렇게 느꼈는지 신기할 따름이었다. 하지만 지금은 그 이유를 누구보다도 잘 안다.

리이가 넘겨준 생크림 도라야키를 한 입 베어 물었다. 달콤한 디저트인데 짠맛이 났다. 어느새 뺨을 타고 흘러내린 눈물이 섞여 들어간 모양이다.

리이는 눈 깜짝할 사이에, 그러나 지금까지 내가 봤던 모습 가운데 가장 맛있게, 도라야키를 남김없이 먹었다.

리이가 촉촉해진 눈시울로 나를 바라보았다. 동시에 세상에서 누구보다 행복하게 웃으며 입을 열었다. 리이의 트레이드 마크인 바로 그 말을, 이제 내가 영원토록 들을 수 없는 그 말을 입에 담았다.

"아, 맛있었다. 잘 먹었습니다!"

식사가 끝나고

리이의 장례식에는 놀랄 정도로 많은 사람이 찾아와 애도를 표했다. '어째서' 혹은 '왜 하필'. 어리고 꽃다운 여성의 죽음을 받아들일 수 없는 사람이 많은 모양인지 그런 소리가 장례식장 곳곳에서 들렸다.

리이와 함께 닭꼬치 구이 가게에서 밥을 먹었던 미호와 유이도 보였다. 제대로 걷지 못할 정도로 충격을 받은 미호를 유이가 지탱했다. 유이 역시 눈물 콧물로 얼굴이 엉망이었다.

나는 눈물에 메마른 편이다. 아기 시절에야 우렁차게 울었겠지만 철이 들고 나서 눈물을 흘린 적은 손에 꼽혔다.

그렇지만 리이가 떠난 후부터 장례식을 치를 때까지 쉴 새 없이 눈물이 흘렀다. 앞으로 평생 흘릴 눈물을 모조리

쏟았을 것이다. 수분을 잃은 내 눈은 새빨갛게 부어올랐다.

화장을 앞두고 마주한 리이는 말을 걸면 금방이라도 일어날 것처럼 평소와 다름없는 모습으로 관 속에 잠들어 있었다. 이케부쿠로에서 함께 고른 하얀 드레이프 원피스가 입혀져 있었다. 리이의 긴 팔다리와 오밀조밀한 얼굴이 돋보였다.

관에는 리이가 생전에 소중히 여긴 듯한 물건들이 구석구석 들어가 있었다. 리이와 기껏해야 한 달 남짓 함께 지냈던 내 눈에는 처음 보는 물건이 더 많았다. 그중에는 요요기공원에서 사격 게임으로 손에 넣었던 못생긴 고양이 키홀더와 표지에 '리이의 맛있는 일기'라고 적힌 공책도 있었다.

리이의 귀는 액세서리 하나 없이 깨끗했다. 납관 때 귀금속은 넣을 수 없다. 하지만 납골할 때는 부장품으로 피어스, 그러니까 원래 내가 끼던 실버 후프 피어스 한쪽을 넣어달라고 리이가 나에게 신신당부했다.

"토우야의 영혼 조각을 저쪽 세상에 데려갈 거야."

그렇게 말하며 미소 지었다.

내 귀에는 리이가 하고 다니던 골드 피어스가 변함없이 자리하고 있었다. 아마 평생 뺄 수 없을 것 같은 예감이 들었다.

장례를 치르던 중 유리 아주머니가 내게 말을 걸었다. 무늬 없는 검은색 기모노를 입은 유리 아주머니는 초췌한 얼굴로 나를 향해 빙긋이 웃었다.

"지금에서야 하는 말이지만."

"…네."

뭔가 좋지 않은 말을 들을 것 같은 예감이 들어서 나는 자세를 바르게 고쳤다.

"사실 토우야를 굉장히 질투했어. 토우야가 없었다면 조금이라도 더 많이 리이와 마지막으로 시간을 보낼 수 있었을 거라고 말이야."

나 역시 유리 아주머니 입장이었다면 그렇게 생각했을 것이다. 아주머니와 리이가 함께할 수 있었던 시간은 고작 사흘이 채 되지 않았다.

"하지만 딸에게 좋은 사람이 있어서 참 다행이라는 생각을 하니까 기쁘기도 했어. 아직 어린 여자애잖아. 자기가 좋아하는 사람이랑 함께 있고 싶었겠지."

"…하."

뭐라고 대답하면 좋을지 전혀 갈피를 잡을 수 없던 나는 애매한 대답을 흘렸다. 좀 더 제대로 대답하면 좋을 텐데. 그러나 유리 아주머니는 개의치 않다는 듯 말을 이었다.

"후후. …그거 아니? 다카히로 씨를 리이에게 처음 소개했을 때 '엄마는 아빠를 벌써 잊었어?!'라면서 리이가 학을 뗐는데."

"아… 얼핏 들었습니다."

다카히로 아저씨에게 유리 아주머니와 친해진 계기를 들었던 나는 조심스럽게 반응했다.

"그렇구나. 리이가 아빠를 더 이상 사랑하지 않냐고 물어봤을 때 나는 이렇게 대답했단다. '당연히 지금도 사랑해. 아빠는 언제나 엄마 마음속 가장 깊은 장소에 있을 거야. 틀림없이 평생.'"

"마음속 가장… 깊은 장소…."

그 말이 깊은 울림으로 다가와 나도 모르게 그대로 따라 말했다.

"이어서 그랬지. '다카히로 아저씨한테도 당신을 좋아하지만 남편을 절대 잊지 않을 거고 남편이 내 마음속 한구석에 언제까지나 차지하고 있을 텐데 괜찮겠냐고 물었는데, 아저씨가 자기는 상관없대.'"

유리 아주머니의 눈이 가늘어졌다. 그때를 회상하고 있는 듯했다.

"리이가 무척 놀라지 뭐니. 그리고 왜인지 기뻐하는 거야. '좋겠다. 나도 엄마처럼 아빠 같은 사람이 생기면 좋을 텐데.' 그러면서."

"…."

그렇게 말하는 리이의 모습이 머릿속에 선명하게 그려

졌다. 나는 그 광경을 본 적도 없는데, 리이라면 정말이지 그렇게 말했을 것 같았다.

유리 아주머니는 나를 똑바로 쳐다보고 말했다.

"토우야, 너는 아직 어려. 앞으로 리이 말고 좋아하는 사람이 생길 거야. 아마 언젠가 그 사람과 결혼해서 행복한 가정도 꾸리겠지. 토우야는 리이와 길어야 한 달 정도 함께 지냈으니까 평생 사랑해 달라, 그런 말은 당연히 못 해. … 분명히 리이도 그런 건 원치 않을 거고."

아주머니가 잠시 말을 멈췄다. 그리고 붉게 충혈된 눈동자에 강인한 빛을 띠고 다시 입을 열었다.

"그냥 리이를 잊지만 말아 줘. …마지막까지 너와 함께 지낸 그 아이를. 가끔씩 떠올려 주면 고마울 것 같아. 평생 잊지만 말아 줘. 그 아이의 엄마로서 마지막으로 이렇게 부탁할게."

"윽…."

말문이 막혔다.

기적처럼 주어진 로스 타임에 리이가 유성에 빌었던 소원은 혹시….

본인에게 듣지 못했으니 확실하지 않다. 이제 확인할 방법은 없다. 하지만 만약 내 짐작이 맞다면, 리이의 소원은 반드시 이루어진다.

리이를 잊는 일은 결코 있을 수 없다. 지금의 나를 무자비하게 지배하고 있는 리이는 틀림없이 평생 동안 내 '마음속 가장 깊은 장소'에 머무를 것이다. 설령 내가 다른 누군가를 생각하게 될지라도. 물론 지금의 나에게 그런 일이 일어날 가능성은 전무하다.

"당연하죠. …잊는다니, 절대 그럴 일 없습니다. 잊을 수 있을 리가 없어요."

간신히 대답을 전했다. 유리 아주머니는 서글프지만 사랑스러운 사람을 바라보는 눈으로 내게 미소 지었다.

화장이 끝난 리이의 모습을 본다면 내가 어떻게 될지 도무지 상상할 수 없었다. 그게 두려워서 나는 화장 중에 조용히 화장장을 나왔다. 마침 옆에 공원이 있어서 벤치에 앉아 멍하니 화장장 건물을 바라봤다.

벽이 꾀죄죄한 걸 보니 연식이 꽤 된 듯 보였다. 한참 뒤 하늘 높이 솟은 굴뚝에서 뭉게뭉게 잿빛 연기가 쏟아져 나왔다. 연기는 점점 높이 올라가 구름에 섞이듯 하늘로 사라져 갔다.

그렇게 멀리 가지 마. 내가 하프파이프에서 날아올라도 닿을 수가 없잖아.

진심으로 그렇게 생각하면서 나는 하늘로 녹아드는 리

이를 바라봤다.

하프파이프에서 보드를 탈 수 있게 되었다고 해도 1년 동안 대회에 출전하지 않았던 탓인지 컨디션 조절에 시간이 걸렸다.

시즌이 진행되는 동안에는 감각을 되살리는 데 필사적이었다. 내 몸이 대회에 나갈 수 있을 정도로 컨디션이 올라왔을 시점에 남은 대회라고는 시즌 마지막에 열리는 전일본 스키선수권대회뿐이었다.

그리고 오늘은 대회 당일. 나는 스폰서 로고가 잔뜩 박힌 웨어를 입고 경기 전에 선수들이 대기하는 레스트하우스에 있었다.

작년에 부상을 당하고 내가 정식 무대에서 아예 모습을 지웠던 걸 두고 인터넷 뉴스와 SNS에서 이제 토우야는 끝났다는 둥 곧 은퇴한다는 둥 이런저런 말이 돌았던 듯했다. 남들은 당연히 그렇게 생각하겠지 싶어서 나는 씁쓸하게 웃었다.

바꿔 말하면 그 정도로 웃어넘길 수 있을 만큼 주위의 목소리에 개의치 않았다. 날 제대로 알지 못하는 녀석들이 뭐라고 지껄이든 내 정신력은 콧방귀도 뀌지 않았다.

리이가 세상을 떠난 후 나는 하프파이프 위에서 그저

묵묵히 시간을 보내는 것으로 슬픔을 달랬다.

이제 두 번 다시 리이의 웃는 얼굴을 볼 수 없다고 생각하면 절규하고 싶을 정도로 비통함에 휩싸이는 날도 간혹 있었다. 그럴 때마다 오른쪽 귀에서 빛나는 골드 피어스를 만지면, 왜인지 그 순간 마음이 평온해졌다.

정말로 여기에 네 영혼이 깃들어 있는 걸까?

그렇게 생각하며 경기 중에 끼는 글러브를 점검하는데, 깜짝 놀란 듯한 목소리가 들렸다.

"토우야…!"

쌍둥이 남동생 유키토였다. 유키토는 눈을 크게 뜨고 나에게 달려왔다.

그러고 보니 대회에 복귀하기 위해 연습을 다시 시작하고 나서도 유키토와 만나지 않았다. 가끔 "연습은 하지?" "언제 복귀할 거야?" 하고 문자가 오면 "걱정하지 마." 하고 답장하는 게 전부였다. 연습하는 스키장도 서로 계속 달랐다.

"솔직히 토우야는 이제 가망 없다고 생각했는데."

믿을 수 없는 걸 봤다는 눈빛으로 유키토가 말했다. 나는 얼굴을 굳혔다.

"계속 걱정하지 말라고 괜찮다고 그랬잖아. 내 말보다 인터넷 루머를 믿냐?"

"너는 말을 해도 진짜…. 괜찮다고 하면 끝이야? 너라면 그걸 믿겠어? 아무튼 부상은 이제 다 나은 거 맞지?"

아무것도 설명하지 않았지만 유키토는 내가 부상 때문에 트라우마가 생겨 모습을 감췄다는 속사정을 눈치챘을 것이다.

"응."

나는 깊이 고개를 끄덕였다.

"정말?"

"실망했어?"

유키토의 말이 끝나기가 무섭게 내가 물었다. 내가 말했지만 참 심술궂은 질문이다.

유키토가 어이없다는 표정을 지었다. 최근 몇 년 동안 유키토는 나를 이기지 못했다. 나만 없다면 이 녀석이 시상대의 가장 높은 위치에 설 수 있었던 대회도 여럿 있었다.

'토우야가 사라진다면 내 시대가 올 거야.' 유키토가 이렇게 생각한 순간도 있었을 것이다. …반대 입장이었다면 분명히 나도 그랬을 테고. 실제로 내가 사라졌던 이번 시즌에 유키토는 최고의 성적을 올리고 있었다. 유키토는 작게 한숨을 내쉰 뒤 자조적으로 웃었다.

"뭐… 토우야가 더 이상 보드를 탈 수 없게 되었을지도 모른다고 생각했을 때 하나도 기쁘지 않았다고 한다면 거짓말이지만."

빈정 섞인 내 질문에 정면 돌파를 택하는 유키토. 솔직해도 너무 솔직해서 웃음이 나왔다. 나도 마찬가지긴 하다.

"너무한걸."

농담을 섞어 대꾸했다. 그러자 유키토가 "하핫." 하고 웃더니 말을 이었다.

"…그래도 역시 토우야가 없으면 의욕이 안 생겨."

"뭐…?"

"어렸을 때부터 지지고 볶으면서 연습했잖아. 방금은 내가 더 잘했다. 아니다, 나다. 치고받고 싸우다가 또 정정당당하게 경쟁하고. …그래서인지 이번 시즌에 토우야가 안 보이니까 왠지 지루하더라."

의외의 대답에 이번에는 내가 한 대 얻어맞은 느낌이었다.

"토우야가 복귀해서 순수하게 기쁘다는 소리야."

유키토가 활짝 웃었다. 정말 환영한다고 말하는 듯한 밝은 미소였다. 괜히 멋쩍어져서 말문이 막힌 가운데 유키토가 나를 보더니 어라? 하는 표정을 지었다.

"토우야 피어스 바꿨어? 그런데… 한쪽만?"

몇 년 동안 쭉 같은 피어스를 꼈던 탓인지 금색으로 빛나는 내 오른쪽 귀를 유키토가 신기하게 바라봤다.

"응. 바꿨어."

"흠. 잠깐만, 뭔가 여자 것 같은데."

원래 리이가 끼던 피어스는 심플한 디자인이긴 했지만 단순한 고리 모양이 아니었다. 링 세 개가 겹친 모양으로 유키토의 말처럼 누가 봐도 여성스러운 디자인이었다.

"…글쎄다."

"뭐야? 여자 친구야? 설마 쉬는 동안 여자한테 구속당했어?"

유키토가 놀리 듯 말했다.

구속당한 걸까. 그 표현이 지금의 나에게 너무나 적합해서 저절로 입꼬리가 올라갔다. 그리고 대답했다.

"맞아."

"뭐라고?!"

웃자고 한 말에 내가 긍정하자 놀란 모양이다. 그때 대회 스태프가 연기 순서 전반부에 배치된 선수들은 하프파이프 쪽으로 이동해 달라고 안내했다.

나는 첫 번째였기 때문에 유키토에게 그 이상 아무런 말도 하지 않고 걸어 나갔다. 유키토가 또 뭐라고 말하는 듯했지만, 연기 순서가 후반부인지 쫓아오지는 않았다.

아마도 나는 얼마 동안 네게… 리이에게 구속당한 채로 있겠지.

얼마 동안으로 끝나지 않을 것 같은 느낌도 든다. 그토록 강렬한 만남과 이별이었다. 평생 잊지 못할 것이다.

경기가 시작되고 스노보드를 신은 나는 스타트 위치에 섰다. 눈앞에서 존재감을 과시하는 반원통의 괴물. 변함없이 내 전부를 삼켜버릴 것 같아서 속에서부터 공포가 치밀어 올랐다.

중상을 입었을 때의 그 고통이, 죽음을 각오했던 그 순간이 나는 여전히 견디기 힘들 정도로 두려웠다. 트라우마가 그렇게 간단하게 사라질 리가 없다.

그래서 나는 거듭 글러브 너머로 오른쪽 귀의 골드 피어스를 어루만졌다. 그리고 마음속으로 속삭였다. 그날, 유성이 내리는 날 사라져 버린 너에게 닿도록.

리이, 나 지금부터 하늘을 날 거야. 지켜봐 줘.

연습하면서 높이 날아올랐던 순간, 리이가 곁에 있는 듯한 기분이 들었다. 죽은 사람이 그런 곳에 있을 리가 없었다. 하지만 그 감각이 너무나 반가워서, 너무나 벅차서, 나는 미끄러져 내려가기 전의 공포를 어떻게든 떨쳐낼 수 있게 되었다.

크게 숨을 들이쉬고 다시 한번 "리이." 사랑스러운 그 이름을 마음속으로 불렀다.

다음 순간, 나는 힘차게 드롭인 했다.

20××년 3월 22일 마이아사신문 조간

스포츠면

전일본 하프파이프·우승은 무로사키 유키토

전일본스키선수권대회 스노보드·하프파이프 종목 결승이 21일에 진행되었다. 안정된 연기를 보여준 무로사키 유키토(21)가 첫 우승컵을 거머쥔 가운데 그의 쌍둥이 형이자 올림픽 동메달리스트인 무로사키 토우야(21)는 착지가 흔들리며 4위에 그쳤지만, 최고 높이 7.5미터를 기록하며 세계신기록을 수립했다.

과학의료면

여명백식 사상 최초! 백 끼 수명을 넘은 생존 사례

(중략) 그 여성 환자에게 어떠한 연유로 그러한 일이 발생했는가는 원인불명입니다. 여전히 치료법이 존재하지 않는 악마와도 같은 병에 관하여 한층 심화한 연구가 필요한 실정이죠. 지금부터는 의사로서가 아닌, 사람 대 사람으로서 환자와 마주한 제 개인적인 감상입니다. 환자는 병을 선고받았을 때 "그럼 앞으로 백 끼는 맛있는 음식을 먹어야겠네요." 하고 마음먹었습니다. 그리고 병이 진행되는 동안 새로운 사랑을 키웠고 연인과 마지막 날까지 식사를 즐겼습니다. 수명이 늘어났을 때 이렇게 말하더군요. "마음 가는 대로 즐겁게 맛있는 걸 먹으러 다니니까 병도 꼬리 내리고 도망간 게 아닐까요?" 저도 진심으로 그렇게 생각합니다. 긍정적인 환자는 의학적으로 증명할 수 없는 기적을 드물게 일으키고는 하니까요.

(와쿠도대학 의학 부속 와쿠도의원 소화기내과 부장 미치시게 미노루 의사)

"오늘 하루도 잘 먹겠습니다!"

몇 해 전에 뭘 잘못 먹었는지 장염으로 크게 고생했습니다. 장을 쥐어짜는 복통과 함께 식은땀이 나기 시작하더니 밥은 고사하고 입에 뭔가를 넣는 족족 토해내기에 바빴지요. 반강제로 쫄쫄 굶고 핼쑥해진 얼굴로 병원을 찾았더니 의사 선생님께서 쯧쯧 혀를 차셨습니다.

"그러다 탈수 와요. 억지로라도 물 마셔야지."

눈 질끈 감고 노력했지만 물조차 목구멍을 역류하여 결국 수액 엔딩으로 끝났는데요. 물 한 모금 마시기가 이렇게 힘들다니. 너무나 당연하게 여기는 일상이 사실 기적과도 같다는 사실을 그때 처음으로 깨달았습니다.

겨우 미음을 넘길 수 있게 되었을 때 무無맛의 대명사인 미음마저 얼마나 달콤하게 느껴지던지요. 속이 조금씩 진정되면서 미음이 흰죽으로, 야채죽으로, 소고기죽으로 레벨업하고 마침내 평소처럼 먹어도 된다는 허락이 떨어진 순간. 신이 나서 배달 앱을 탐독하던 기쁨이 새록새록 떠오르네요.

밥은 삶을 영위하게 하는 가장 기본적인 요소입니다. 그래서일까요. 일상에서 밥과 관련된 표현을 자주 마주칩니다. 오랜만에 만난 지인에게 반가움을 표현할 때는 "밥 먹었어?" 아쉽지만 다음을 기약할 때는 "밥 한번 먹자." 꼭 보답하고 싶은 고마움을 전할 때는 "밥 한 끼 살게." 등등. 밥은 이미 단순히 끼니를 의미하는 단어에서 벗어나 안녕의 동의어로 여겨집니다. 이는 바꿔 말해 밥을 제대로 먹지 못하는 상황은 안녕하지 않은, 어딘가 무탈한 상황에서 어긋나 있다는 것을 암시하지요.

그런데 이 책의 주인공 리이는 상황이 다릅니다. 리이에게 마지막 순간까지 허락된 건 다름 아닌 '맛있는 식사'. 여전히 밥은 삶을 상징하지만 리이에게 그 의미는 정반대입니다. 우리는 밥을 먹으며 삶과 가까워지지만, 리이는 밥을 먹으며 삶과 멀어지기 때문인데요.

죽지 않으려면 단식 투쟁이라도 해야 할까요? 아뇨. 일단 밥을 먹어야 해요. 심술궂은 여명백식이 제때 제대로 밥을 먹지 않으면 마구 괴롭히거든요. 울며 겨자 먹기로 수저를 움직입니다. 사람 몸이 참 웃긴 게 의지와 달리 배가 부르면 기운이 나요. 좋든 싫든 나를 돌아볼 여력이 생깁니다. 조금씩 주위 상황도 눈에 들어와요. 불가능할 것 같았던 사랑도 찾아왔네요. 연쇄 작용의 종착지는 포기하고 있던 가족과의 단란한 시간이었습니다.

리이의 여행을 지켜보다가 문득 이런 생각이 들었습니다. 밥을 먹지 않으면 극심한 고통을 주며 어서 식사하라고 독촉하는 여명백식은 사실 죽음으로 몰아가는 게 아닐지도 모른다고요. 여명백식의 경고는 "곧 죽어야 하니까 꾸물대지 말고 빨리 먹어!" 하는 가시손이 아닌 "아직 살아 있으니 마지막까지 있는 힘껏 삶을 맛있게 음미해!" 하는 다독임일지도 모른다고요.

"어차피 죽으면 끝이잖아?"

누군가는 그렇게 생각할 수 있습니다. 하지만 끝이 아닙니다. 리이가 밥을 먹고 얻은 생명력은 토우야에게 전해졌으니까요. 줄곧 죽음의 그늘에서 벗어나지 못했던 토우야는 리이와 함께한 이후 도망치기 바빴던 현실을 똑바로 직시하게 되었습니다.

사실 우리는 언제나 예고 없는 죽음을 맞이합니다. 때와 장소를 알 수 없는 죽음이 우리를 호시탐탐 지켜보고 있지요. 주어진 수명을 아는 사람은 단 한 명도 존재하지 않습니다. 그런 의미에서 삶의 마지막 시기가 정해져 있는 여명 백식은 한편으로 삶을 돌아보고 정리할 수 있는 마지막 선물처럼 느껴지기도 합니다.

작중 여명백식은 여전히 베일에 싸인 수수께끼와 같은 병으로 여겨집니다. 혹시 이 수수께끼를 푸는 열쇠는 이처럼 여명백식을 바라보는 시선, 다시 말해 우리가 삶을 대하는 시선에 있지 않을까요? 리이에게 찾아온 기적은 출구 없는 막다른 미래가 기다릴지언정 당당하게 삶을 마주했던 리이의 태도가 수수께끼를 푸는 열쇠로 작용하여 굳게 닫혀 있던 문을 흔들고 그 틈에서 새어 나온 한 줄기 빛에서 비롯된 게 아닐까 상상해 봅니다. 열쇠를 돌려 자물쇠를 완전히 푸느냐는 우리의 몫으로 남았습니다.

우리는 모두 어찌 보면 여명백식 잠복기를 앓고 있습니다. 허락된 식사가 백 끼밖에 남아 있지 않은 날이 언젠가 찾아오겠지요. 언제가 될지는 아무도 모릅니다. 우리가 할 수 있는 일은 그저 삶에 충실하는 것뿐입니다.

리이의 생명력을 이어받아 토우야는 하늘로 힘차게 날아올랐습니다. 리이의 마지막 여행에 함께한 사람은 토우야뿐만이 아닙니다. 여러분 또한 책장을 넘기며 여행에 동행했지요. 분명 리이의 생명력은 여러분에게도 전해졌을 겁니다. 어떠한 형태로 발현될지 벌써부터 무척 기대가 되네요. 거창하지 않아도 좋습니다. 일단 맛있게, 든든하게 한 끼 먹는 것부터 시작할까요? 그리고 주어진 삶을 꼭꼭 씹어서 소화합시다. 언제나 만면에 미소를 띠며 인사한 리이를 본받아 저도 앞으로 이 말을 외치고자 합니다.

"오늘 하루도 잘 먹겠습니다!"

황누리

네가 유성처럼 스러지는 모습을 지켜볼 운명이었다

초판 1쇄 발행 2024년 07월 17일
초판 3쇄 발행 2024년 08월 30일

지은이 미나토 쇼
옮긴이 황누리
펴낸이 김상현

총괄 유재선   **기획편집** 전수현 김승민 주혜란   **디자인** 이현진
마케팅 김지우 송유경 김은주 김예은 남소현 성정은
경영지원 이관행 김범희 김준하 안지선

펴낸곳 (주)필름
등록번호 제2019-000002호   **등록일자** 2019년 01월 08일
주소 서울시 영등포구 영등포로 150, 생각공장 당산 A1409
전화 070-4141-8210   **팩스** 070-7614-8226
이메일 book@feelmgroup.com

필름출판사 '우리의 이야기는 영화다'

우리는 작가의 문체와 색을 온전하게 담아낼 수 있는 방법을 고민하며 책을 펴내고 있습니다.
스쳐가는 일상을 기록하는 당신의 시선 그리고 시선 속 삶의 풍경을 책에 상영하고 싶습니다.

홈페이지 feelmgroup.com   **인스타그램** instagram.com/feelmbook

© 미나토 쇼, 2024

ISBN 979-11-93262-21-4(03830)